Le Manuscrit cathare

Ouvrages de Steve Berry publiés au cherche midi

Le Troisième Secret, traduit de l'anglais (États-Unis) par Jean-Luc Piningre.
L'Héritage des Templiers, traduit de l'anglais (États-Unis) par Françoise Smith.
L'Énigme Alexandrie, traduit de l'anglais (États-Unis) par Françoise Smith.
La Conspiration du Temple, traduit de l'anglais (États-Unis) par Françoise Smith.
La Prophétie Charlemagne, traduit de l'anglais (États-Unis) par Diniz Galhos.
Le Musée perdu, traduit de l'anglais (États-Unis) par Gilles Morris-Dumoulin.
Le Mystère Napoléon, traduit de l'anglais (États-Unis) par Danièle Mazingarbe.
Le Complot Romanov, traduit de l'anglais (États-Unis) par Gilles Morris-Dumoulin.
Le Monastère oublié, traduit de l'anglais (États-Unis) par Danièle Mazingarbe.
Le Code Jefferson, traduit de l'anglais (États-Unis) par Danièle Mazingarbe.
Le Temple de Jérusalem, traduit de l'anglais (États-Unis) par Danièle Mazingarbe.
Le Secret des rois, traduit de l'anglais (États-Unis) par Danièle Mazingarbe.
L'Héritage occulte, traduit de l'anglais (États-Unis) par Danièle Mazingarbe.
Le Complot Malone, traduit de l'anglais (États-Unis) par Philippe Szczeciner.
La 14e Colonie, traduit de l'anglais (États-Unis) par Philippe Szczeciner.
L'Héritage Malone, traduit de l'anglais (États-Unis) par Philippe Szczeciner.
La Conspiration Hoover, traduit de l'anglais (États-Unis) par Philippe Szczeciner.
Le Dernier Secret du Vatican, traduit de l'anglais (États-Unis) par Sophie Aslanides.
Les Saintes Reliques, traduit de l'anglais (États-Unis) par Philippe Szczeciner.
La Conspiration de l'ombre, traduit de l'anglais (États-Unis) par Philippe Szczeciner.

M. J. Rose
et Steve Berry

Le Manuscrit cathare

Une aventure de Cassiopée Vitt

TRADUIT DE L'ANGLAIS (ÉTATS-UNIS)
PAR **SOPHIE BASTIDE-FOLTZ**

le cherche midi

Vous pouvez consulter notre catalogue général
et l'annonce de nos prochaines parutions sur notre site :
www.cherche-midi.com

Directeur de collection : Arnaud Hofmarcher

Titre original : *The Lake of Learning, A Cassiopeia Vitt Adventure*
Éditeur original : Evil Eye Concepts, Inc.

92, avenue de France
75013 Paris

Mis en pages par Nord Compo
Dépôt légal : novembre 2021
ISBN 978-2-7491-7188-3

Al cap dels sèt cent ans, verdajara lo laurel.
(« Le laurier refleurira dans sept cents ans. »)

Guilhem Bélibaste
(le dernier Parfait cathare,
mort sur le bûcher en 1321)

1

Givors, France

Lundi 4 mai
De nos jours
11 h 40

Cassiopée Vitt eut la certitude qu'ils avaient trouvé quelque chose d'important.

Pourquoi ?

Difficile à dire. L'instinct, sans doute, qui lui venait des années où elle avait fouillé la terre, construit un château. C'était sa passion, son œuvre, celle qui allait sans doute la dévorer tout au long de sa vie d'adulte. Mais ça en valait la peine. Surtout dans des moments comme celui-ci, quand le sol français révélait enfin ses secrets.

« On a quelque chose, c'est sûr », dit Viktor.

Une douzaine d'hommes et de femmes ayant également travaillé sur le chantier de construction s'étaient arrêtés et rassemblés autour de l'endroit où ils se tenaient, elle et le directeur des travaux. Viktor avait creusé une tranchée préliminaire pour un nouveau mur maçonné qui devait être monté la semaine suivante, quand il avait heurté quelque chose. Les pierres avaient été extraites et s'élevaient déjà en tas à proximité. Cassiopée s'agenouilla dans la boue et jeta un coup d'œil dans la tranchée encore mouillée par l'orage de la nuit précédente. Malgré une fine pellicule de boue, une lueur suggérait la présence d'un métal précieux.

« On dirait de l'or, dit Viktor.

– Tu as une idée de ce que ça peut être ? demanda-t-elle.

– Pas encore. On n'en voit qu'un bout. Il n'y a qu'une façon de le savoir. Laisse-moi creuser un peu plus.

– Je vais t'aider, ça ira plus vite.

– Parce que Dieu sait que la patience ne fait pas partie de tes points forts.

– Ni des tiens », ironisa-t-elle.

Il y avait longtemps qu'elle travaillait sur ce projet. On pouvait estimer à trente pour cent l'avancée des travaux. Trois des murs d'enceinte du château étaient en place, le quatrième était à l'étude. Plusieurs bâtiments avaient également été érigés, mais l'intérieur était encore en cours d'élaboration.

Et Viktor avait raison.

La patience n'était pas son fort.

Ensemble, ils se mirent à plat ventre et entreprirent de dégager leur trouvaille, lentement, prudemment, utilisant toutes les techniques appropriées pour ne pas l'abîmer. Avec peine, truelle par truelle, ils enlevèrent des couches d'argile, de roche et de débris divers. Finalement, ils en découvrirent un coin et un côté, suffisamment pour voir qu'il s'agissait d'une boîte en or.

« Dis donc, *Ingénieure*[1], on dirait que tu t'es trouvé un coffre au trésor », lança Viktor.

Le personnel lui avait conféré ce titre au cours de la première année du projet et, bien qu'elle fût généralement peu encline aux surnoms, celui-là lui plaisait.

« À en juger par ce qu'on peut voir, je dirais qu'il fait environ quarante-cinq centimètres de large et à peu près la même chose en hauteur, dit-elle.

– Et sur cette déduction, je suggère que nous fassions une pause. J'ai le dos en compote », plaida Viktor.

À regret, elle accepta. Il faut dire qu'à force d'être allongée sur le ventre, elle commençait à avoir mal au dos elle aussi. Certes, elle était curieuse d'en découvrir plus. Mais, comme Viktor l'avait fait remarquer plus tôt, la patience était de mise.

Ils quittèrent le site et se dirigèrent vers la haute grange qui abritait le centre d'accueil destiné aux quelques milliers de visiteurs qui venaient chaque année. À l'intérieur, au fond, se trouvait la cuisine des employés où Cassiopée leur prépara deux cafés. Viktor sirota le sien. Elle l'avala en deux gorgées.

---

1. En français dans le texte *(Toutes les notes sont de la traductrice).*

« Prêt à retourner voir si on peut l'extraire ? demanda-t-elle en posant sa tasse dans l'évier.

– Eh là, on se calme, j'ai dit une pause, pas une respiration ! »

Ne pouvant rester en place, elle se prépara un deuxième café.

« Je suis aussi curieux que toi, dit Viktor. Mais ça fait un bail que ce truc est là, il ne va pas s'en aller. Bois ton café. »

Il avait raison, bien sûr, mais elle avait du mal à tempérer son excitation. Trouver des artefacts n'était pas inhabituel. Au cours des siècles, ce lieu avait abrité toutes sortes de bâtiments historiques, à commencer par une forteresse romaine près de deux mille ans plus tôt. Des centaines d'objets avaient été exhumés, notamment une cruche en céramique du XVe siècle, même pas ébréchée ; une fibule en étain avec une topaze grossièrement taillée en son centre ; une bouteille en verre brun épais contenant encore des restes d'huile d'olive ancienne ; et une très belle épée, datant peut-être du XIIIe siècle, dans un fourreau de cuir en très mauvais état. Toutes étaient des trouvailles significatives et précieuses, et elle avait l'intention de les exposer dans un musée qui occuperait une partie du château une fois sa construction achevée.

Alors, qu'est-ce que la terre nous avait réservé cette fois ?

Givors était un site ancien qui s'était transformé en une importante enclave médiévale. On entrait toujours dans son centre en forme de goutte d'eau par deux portes du XIVe siècle, conçues pour être décoratives plutôt que pour le défendre. Deux églises quelconques bordaient la place principale, ainsi que de vieilles maisons de bois et de pierre, la plupart hébergeant désormais des cafés et des boutiques. L'essentiel de ses habitants vivait à présent dans les forêts avoisinantes. Son château était l'un des nombreux bâtis au XVIe siècle et il avait été entretenu avec amour par une succession de propriétaires dévoués. Le projet de reconstruction de Cassiopée Vitt visait à faire revivre l'une des plus anciennes forteresses de la région, en ruine jusqu'à ce qu'elle achète le site et lance le chantier.

L'affiche près du parking qui accueillait les visiteurs l'énonçait parfaitement.

Bienvenue dans le passé. Ici, à Givors, sur un site autrefois occupé par Louis IX, un château est en cours de construction pour lequel nous utilisons les matériaux et les techniques des artisans du XIIIe siècle. Une tour maçonnée était le symbole même du pouvoir d'un seigneur. Le château de Givors a été conçu comme une forteresse militaire avec d'épais murs d'enceinte et des tours d'angle. Les environs offraient en abondance l'eau, la pierre, la terre, le sable et le bois nécessaires à cette construction. Les carriers, tailleurs de pierre, maçons, charpentiers, forgerons et potiers qui sont à l'œuvre ici vivent et s'habillent exactement comme il y a huit siècles.

Le projet est financé par des fonds privés et nous estimons à une vingtaine d'années le temps nécessaire pour le mener à bien. Profitez au mieux de votre séjour au XIIIe siècle.

Viktor et Cassiopée retournèrent vers le mur d'enceinte est. Au-dessus d'eux s'étendait un ciel sans nuages, une brise florale donnait un peu d'air frais à cette chaude journée de mai. De nouveau à plat ventre, ils reprirent les fouilles. Au bout d'une demi-heure d'un travail méticuleux, la boîte se laissa découvrir de quelques centimètres de plus.

« Ce coffret est plus grand que je ne le pensais, dit Viktor.

– *Toi*, te tromper ? » le taquina Cassiopée.

C'était une blague entre eux : Viktor ne se trompait jamais et, même si ça lui arrivait, il ne l'admettait pas. C'était toujours les *circonstances* qui l'avaient induit en erreur. Ou bien quelqu'un d'autre s'était fourvoyé. Ou – ce qu'elle préférait – toute cette histoire n'était *qu'un mensonge cruel et vicieux que ses ennemis avaient trouvé pour le discréditer.*

Elle aimait bien Viktor. Ils avaient fréquenté la même université pour obtenir leur diplôme d'architecture, le sien avec une spécialisation en histoire médiévale. Au cours de leur deuxième année, elle lui avait fait part de son rêve de reconstruire un château médiéval, précisant qu'elle avait les moyens de le réaliser. Cinq ans après l'obtention de leur diplôme, elle lui avait demandé de se joindre à elle et il avait accepté.

Ils formaient une bonne équipe.

Elle avait produit les premiers plans et Viktor les avait modifiés, toujours de façon pertinente. Elle n'aurait pas pu entreprendre un projet aussi ambitieux sans lui. Elle employait plus de cent vingt personnes, hommes et femmes qui travaillaient à longueur d'année. Le coût en était faramineux. Heureusement, ses parents lui avaient laissé une petite fortune grâce à son grand-père espagnol qui, dans les années 1920, avait acheté du charbon, des minéraux, des métaux précieux, des pierres précieuses et des mines d'or partout dans le monde. Aujourd'hui, ces produits étaient utilisés dans toutes les technologies, de l'électronique haut de gamme aux pièces d'avion et de missile.

La demande ne semblait pas tarir. Depuis la mort de ses parents, les gens qui dirigeaient l'entreprise avaient doublé sa valeur nette. Elle était fière d'investir une partie de ce capital au service de l'histoire.

La rendre accessible était une ardente obligation à ses yeux.

C'était son père qui le lui avait appris.

Elle se faisait souvent la réflexion qu'elle aurait aimé pouvoir lui montrer le site. Il en aurait été si fier ! Il lui manquait. Ils étaient terriblement proches. Et si semblables… Sauf pour ce qui était de la religion. Leurs empoignades à ce sujet étaient homériques, allant parfois jusqu'à menacer leur belle entente. Ses parents étaient de fervents mormons, mais elle n'avait jamais partagé leurs croyances. Elle ne nourrissait aucune hostilité envers les adeptes des saints des derniers jours, qui étaient des gens bien, mais elle n'avait pas la foi. Et Dieu, s'il existait, n'aurait sûrement pas approuvé que des parents et des enfants s'affrontent à Son sujet. Elle n'avait jamais pu comprendre que son père, brillant à bien des égards, fût si irrationnel s'agissant de religion – son plus grand défaut. Le seul, selon elle. Il croyait fermement qu'il existait un plan divin que tout homme se devait de suivre. En récompense, les portes du paradis et toutes ses merveilles lui étaient ouvertes. S'il ne le suivait pas, il était voué aux ténèbres de l'enfer. En fille qui idolâtrait son père, elle avait eu bien du mal à accepter cette foi aveugle. Pour elle, il n'y avait aucun plan. Pas de paradis ni d'enfer. La Bible ? Juste une histoire inventée par des hommes afin que d'autres hommes leur obéissent. La religion semblait être le dernier vestige de l'enfance intellectuelle de l'homme. Un vestige du passé.

Comme son château.

Elle regarda leur découverte dans le sol.

Ils avaient dégagé tout le coffret. Qui avait une certaine majesté. Et qui était en or, sans aucun doute possible. Le dessus était décoré avec un assortiment de pierres en cabochon qui avait une curieuse forme de croix, aux pointes pommetées. Comme une croix de Malte inversée, mais plus courte et plus trapue.

« C'est la croix de Toulouse », dit-elle.

Elle en connaissait l'histoire. Cette croix était apparue à la fin du XIIIe siècle, quand les comtes de Toulouse l'avaient ajoutée à leurs armoiries. Par la suite, elle était devenue le symbole de la résistance du Languedoc aux envahisseurs français pendant la croisade des Albigeois contre les cathares. Aujourd'hui, on l'appelle la « croix occitane » et parfois, à tort, la « croix cathare ».

« Voyons ce que nous avons là », dit Viktor en faisant passer des cordes sous le coffret.

Cassiopée l'aida, puis chacun d'eux en attrapa les extrémités et le souleva.

« C'est lourd », dit Viktor en tirant dessus avec peine.

Ils réussirent enfin à sortir le coffret de sa tombe et le posèrent au sol.

Elle prit aussitôt une douzaine de photos, sous tous les angles, avec son appareil à haute résolution.

Toute l'équipe s'était rassemblée autour d'eux, l'excitation était palpable. Il en était ainsi à chaque découverte. Heureusement, aucun visiteur payant n'était présent ce jour-là. Le site était fermé le lundi pour que les manœuvres les plus lourdes puissent être exécutées en toute sécurité, sans que l'on craigne de blesser quelqu'un. Shelby Randall, une journaliste présente sur le site depuis une semaine en vue d'écrire un article sur le château pour le magazine *Archéologie*, s'approcha et prit quelques photos elle aussi.

« À toi l'honneur, *Ingénieure* », dit Viktor.

Elle brossa délicatement le couvercle pour en ôter la boue qui s'y était collée. Viktor se pencha en avant et, ensemble, ils inspectèrent l'objet.

« C'est de l'or, en tout cas, ça c'est sûr, dit Viktor. Ça doit provenir d'une église ou d'une cathédrale. »

Elle approuva.

« On dirait qu'ils ont fait fondre de la cire pour fabriquer une sorte de joint hermétique tout autour du couvercle. »

Ce qui signifiait qu'il y avait sans doute quelque chose de très précieux à l'intérieur. Étant donné le style, l'ornementation et les matériaux employés, l'objet ressemblait à un coffret religieux.

« Je parie que ce sont de très beaux rubis cabochons là, qui sont incrustés dans le motif, dit-elle.

– S'il y a des rubis à l'extérieur, qu'est-ce qu'on va trouver à l'intérieur ? » demanda Shelby Randall.

Bonne question.

Cassiopée tendit la main et caressa le loquet, puis marqua un temps d'arrêt, savourant l'anticipation. Shelby s'approcha, prête pour la photo de découverte. Cassiopée souleva le loquet, ouvrit le couvercle et regarda à l'intérieur. Un objet y était enveloppé dans un tissu gris soyeux, attaqué par le temps.

Elle toucha le tissu qui était en lambeaux.

« C'est de la soie.

– Et qui a résisté, renchérit Viktor, grâce à ce scellement. »

Elle souleva l'objet, le sortit du coffret. Depuis combien de temps était-il là ? Difficile de le dire à ce stade. L'hypothèse la plus probable ? Étant donné la croix occitane, dans les derniers huit cents ans. Ce qui ne voulait pas dire grand-chose.

Elle posa l'objet sur le sol et écarta des pans de soie moisie.

Un livre apparut.

Avec une reliure en cuir repoussé d'un brun profond. D'environ vingt centimètres de haut par douze de large. Au centre de la couverture, un médaillon en relief composé de deux cercles concentriques dorés entourant une rose stylisée rouge et violette qui scintillait au soleil de cette fin de matinée et qui, en miniature, lui rappela la célèbre rosace de Notre-Dame. Des douzaines de rubis et d'améthystes taillés avaient été sertis dans le cuir ; la ressemblance était saisissante. Les coins tout comme le fermoir étaient en or. Les taches sur les bords témoignaient de dommages causés par l'humidité.

« De quand le daterais-tu ? demanda-t-elle à Viktor, curieuse d'avoir son avis.

– XIIIe, XIVe, d'après le décor, dit-il en montrant la couverture. Mais l'extérieur peut être très différent de l'intérieur. La couverture pourrait avoir resservi. »

Elle approuva.

Ils avaient déjà vu ça auparavant.

Elle libéra délicatement le fermoir et ouvrit le livre. Un manuscrit enluminé apparut. L'œuvre était d'une telle qualité qu'ils en restèrent bouche bée, saisis par sa beauté et sa rareté. Sur la page de titre figuraient les mots *Libre d'ōras*, « livre d'heures » en occitan.

« Tiens, pas en latin, s'exclama-t-elle, c'est curieux ! »

Viktor acquiesça.

« Le fait est que c'est inhabituel. »

Les pages étaient très illustrées avec des initiales anthropomorphes de moines, probablement les artistes eux-mêmes. Les indigos, les vert émeraude et les rouge carmin resplendissaient comme s'ils avaient été peints la veille. Les lettres, exécutées en chrysographie – un mélange de poudre d'or et de résine –, chatoyaient au soleil.

Cassiopée tourna lentement la page.

Un galon d'or et d'argent était peint de chaque côté. Une scène biblique figurative élaborée, encore claire, épargnée par le temps, était enserrée dans le galon de gauche. Sur la droite, des lettres historiées, avec une illustration à l'intérieur, ouvraient un bloc de texte. Chaque millimètre d'espace blanc était rempli de motifs floraux complexes or, argent, azur, vert et blanc. Elle passa à une autre page tout aussi magnifique, riche de motifs auxquels l'œil ne pouvait résister.

« Des manuscrits enluminés de cette qualité sont rares », dit-elle.

Viktor hocha la tête.

« Exact. Celui-ci est une splendeur. »

Shelby, proche du coude de Cassiopée, photographiait en rafale, son appareil captant tout ce qui se révélait à eux.

Le déclic attira l'attention de Cassiopée et la ramena à la réalité.

« Bon, le spectacle est terminé, dit-elle. Il faut qu'on mette ça en sûreté à l'intérieur. Au beau milieu d'un chantier de construction, ce n'est pas le meilleur endroit pour étudier une découverte aussi précieuse. Et vous devez tous reprendre le travail. »

Le groupe se dispersa et Viktor et elle remirent le livre dans son écrin de soie.

« Mon père aurait adoré voir ça.

– C'est encore quelque chose qu'il collectionnait ? » demanda Viktor.

Elle sourit.

« Je me dis parfois qu'il n'avait pas d'autre choix que de réussir, juste pour pouvoir assouvir sa passion pour l'art.

– C'est une chance qu'il ait été milliardaire.

– Il était surtout déterminé et discipliné. Il se passionnait pour les ouvrages religieux peints à la main. Il admirait les moines qui vivaient dans l'isolement, penchés sur leurs pupitres dans les *scriptoria*. Je pense qu'il était un peu jaloux d'eux.

– Jaloux ?

– Dans leur isolement, ils jouissaient d'une liberté dont il n'a jamais pu profiter. Du temps nécessaire à la création d'une beauté infinie. C'est ce qu'il disait. »

Les manuscrits enluminés étaient l'équivalent, au Moyen Âge, des livres d'art, qu'on empile aujourd'hui sur les tables de salon. D'une réalisation délicate et coûteuse. Réservée à des textes chers à leurs propriétaires, une bible, par exemple. Ou, comme ici, à un livre d'heures qui rassemblait les prières appropriées aux heures de la journée liturgique. Beaucoup de personnes fortunées en possédaient un. C'est dans les monastères, surtout, qu'ils étaient réalisés, mais Cassiopée savait que des *scriptoria* commerciaux avaient fini par apparaître dans les grandes villes, comme à Paris. Que pouvait bien faire celui-ci enterré dans le sud de la France ?

C'était un mystère.

Et les mystères, elle aimait ça.

Son ami Nicodème, conservateur du musée des Mystères d'Èze, et qui les aimait aussi, pourrait peut-être lui venir en aide. Elle se promit de faire appel à lui.

Mais pour l'instant, il fallait mettre cette découverte à l'abri.

Elle souleva le livre, le replaça dans le coffret et se retourna pour partir.

Un frisson lui parcourut l'échine. D'où venait-il ? Elle embrassa du regard le site de construction.

Rien d'inhabituel ou d'étrange en vue.

Alors elle s'éloigna.

Troublée.

2

Cassiopée se versa une tasse de café noir, la première du matin, et s'assit à la table de ferme avec un toast et deux œufs durs. Aristote a dit que « toutes les actions humaines ont une ou plusieurs de ces sept causes : chance, nature, contrainte, habitude, raison, passion, désir ». En ce qui la concernait, l'habitude semblait l'emporter, bien que la part de passion devînt chaque jour plus importante.

Elle se demanda ce que faisait Cotton.

Ils n'avaient pas réussi à se voir depuis près de deux semaines.

C'était l'amour de sa vie. Ça, au moins, elle en était sûre. Mais elle ne savait pas du tout où les conduirait cette relation. Ils étaient plus fréquemment séparés qu'ensemble et elle se demandait souvent si ce n'était pas ce qui pimentait leur désir. Tous deux avaient une personnalité de type A[1] et étaient jaloux

1. La personnalité de type A a été définie par Meyer Friedman et Ray Rosenman en 1959 comme une conduite caractérisée par une

de leur indépendance. Ce qui ne les empêchait pas de s'aimer. Ils s'étaient promis de ne pas se mentir, d'être toujours sincères en ce qui concernait leurs sentiments. Mais ils avaient tous deux violé cet accord à plusieurs reprises. Une chose était sûre, pourtant, ils étaient chacun le meilleur ami l'un de l'autre.

Elle ouvrit son ordinateur portable et lut attentivement les versions en ligne de *L'Indépendant*, du *Midi Libre* et de *La Tribune.* Pas de nouvelles majeures aujourd'hui. Quand elle cliqua sur la livraison quotidienne des *Nouvelles de l'art*, elle vit qu'une photographie familière y figurait.

Le coffret en or de la veille.

Elle navigua sur une page intérieure où figuraient un article et davantage de photos, toutes prises, comme il était indiqué, sur « le site de construction médiévale de Givors ». Il y avait un cliché de la couverture du livre d'heures avec sa rosace. Un gros plan de la lettre « O », ornée d'une illustration de l'annonce faite à la Vierge. Et un autre du livre ouvert sur une double page déployée dans toute sa splendeur. Encadrant les photos, un texte de Shelby Randall elle-même décrivait la découverte.

Cassiopée hocha la tête.

Shelby aurait dû demander si elle pouvait publier l'histoire et les photos. Elles avaient convenu que rien ne sortirait sans approbation préalable de sa part.

---

hyperactivité, un sentiment d'urgence, un énervement facile ou un hyperinvestissement professionnel.

Une publicité pour le site était toujours bienvenue, c'est pourquoi elle lui avait permis d'être là au départ. Des dons de plusieurs centaines de milliers d'euros arrivaient chaque année de fondations publiques et caritatives, toutes destinées aux frais de construction, qu'elle complétait grâce à sa fortune personnelle. Les groupes scolaires et les étudiants stagiaires étaient des habitués. Chaque été, elle organisait un symposium de deux semaines ouvert aux historiens accrédités.

Mais là, Shelby avait abusé.

Elle n'avait pas tenu compte de leurs accords.

Cassiopée allait devoir s'occuper de ça de toute urgence. Elle se leva, quitta la salle à manger et monta dans sa chambre pour se changer et enfiler sa tenue de chantier.

Le château, qui comportait trois étages, n'avait rien de féodal. Il avait été construit dans un souci de confort et d'esthétique comme pavillon de chasse pour un aristocrate. À l'époque où elle en avait fait l'acquisition, le bâtiment se détériorait. Elle l'avait restauré pour lui rendre son aspect d'origine à l'extérieur et vidé l'intérieur de façon à en garder l'ambiance, mais en y installant toutes les commodités modernes. Rien du dépouillement qui avait été le sien ne subsistait, mais il n'y avait aucun luxe de choses inutiles non plus, aucune volonté d'impressionner qui que ce soit. Elle s'était cantonnée à des meubles d'époque, ce qui lui plaisait. La sobriété y était de mise. C'était sa maison. Si bien que son nouveau nom était symbolique de la paix qu'elle lui procurait.

Matval.

Propice à la méditation.

Alors qu'elle entrait dans sa chambre, elle entendit sonner à la porte principale. Un enregistrement de l'ancienne cloche du campanile de Saint-Marc qu'elle avait fait installer.

Une visite ?

À cette heure ?

Elle ressortit sur le palier et entendit la voix de Bernard, son majordome, gardien du château depuis qu'elle en avait fait l'acquisition. Cotton Malone figurait en tête de ceux auxquels elle s'était fiée d'instinct. Bernard venait juste après. Elle entendit la porte se refermer, puis des pas dans l'escalier accédant au premier étage. Elle se retira dans la salle de bains, attendant que Bernard toque doucement à la porte. Ce qu'il fit.

Elle l'invita à entrer.

« Un monsieur désire vous voir, dit-il. M. Roland Bélancourt. »

Bernard lui tendit une carte de visite.

« Pas de rendez-vous. Et de si bonne heure ! »

Au ton de sa voix, elle entendit ce qu'il ne disait pas : *il avait pourtant fait toute cette route jusqu'ici pour la voir.*

Elle étudia la carte et remarqua le logo discret d'une aile bleue bordée d'or dans le coin supérieur droit. On voyait le nom de Bélancourt et ce logo s'étaler sur le flanc des avions de sa flotte dans le monde entier. C'était un géant de l'aéronautique qui construisait des avions à réaction, des missiles, des avions furtifs, et même des véhicules pour la recherche spatiale européenne. Elle avait vu sa photo dans des journaux et magazines, et se rappelait avoir lu qu'enfant, il avait failli mourir alors que l'avion de tourisme dans lequel il se trouvait avec son père s'était écrasé. Au lieu d'éviter le ciel, l'accident l'avait poussé à devenir ingénieur dans l'aérospatiale, gagnant des millions au passage.

C'était aussi un mécène généreux. Surtout en faveur des catholiques. Elle se rappelait avoir lu un article sur une petite chapelle située près de Cannes où il avait financé les travaux de restauration d'un retable qui s'était révélé être un Tintoret. Authentique. Il avait ensuite engagé un artiste pour en faire une copie destinée à la chapelle, s'arrangeant ainsi pour que l'original puisse être accroché au Louvre.

Et maintenant, il était là.

Sans s'être annoncé.

Alors qu'il n'était pas encore huit heures.

De quoi piquer la curiosité de Cassiopée.

Elle entra dans la bibliothèque.

Les murs de la pièce étaient tapissés d'étagères du sol au plafond sur deux étages. Plus de huit mille volumes, de grande valeur pour la plupart. Certains provenaient de la collection de son grand-père et de son père dont elle avait hérité, mais elle en avait acheté une bonne part. Cotton, qui avait toujours été bibliophile, adorait sa bibliothèque. Un escalier en colimaçon situé dans un des coins de la pièce donnait accès à une galerie étroite desservant les étagères du haut. Elle avait toujours aimé la vue qu'on avait en y montant.

Bélancourt la salua, apparemment très détendu.

Grand, de forte carrure, il avait une moustache et des cheveux bruns. Son visage était rasé de près, ce qui faisait ressortir des yeux sombres et méfiants ainsi que la courbe sournoise de ses lèvres minces. Il portait un costume coûteux, une coupe sur mesure pour sa silhouette svelte, et des mocassins italiens du dernier chic. Une stature aristocratique, une mâchoire carrée et des pommettes saillantes : tout en lui disait l'homme maître de lui-même en toutes circonstances.

Mais là, elle était chez elle.

Et elle y était maîtresse du jeu.

« *Très heureuse de faire votre connaissance*, dit-elle en français. À quoi dois-je le plaisir de cette visite imprévue, de si bonne heure le matin ?

– Votre projet est très impressionnant. J'ai pris le temps d'aller l'admirer avant de venir frapper à votre porte. »

Elle n'était pas dupe, il manœuvrait en sorte de prendre l'ascendant.

« En quoi puis-je vous aider ? demanda-t-elle, sans même lui offrir un siège.

– Pas de café ni de thé ?

– J'imagine que vous avez déjà pris votre petit déjeuner. Et j'ai une grosse journée qui m'attend. De plus, comme je viens de vous le dire, nous n'avions pas rendez-vous. Alors éclairez-moi : qu'est-ce qui vous amène ?

– Pardonnez mon audace. Mais il m'arrive d'être impatient quand je veux quelque chose.

– Dites-moi ce que vous voulez.

– Je voudrais vous acheter votre récente découverte. Le livre d'heures. Votre prix sera le mien. »

Les nouvelles allaient vite.

« Vous avez vu l'article dans *Les Nouvelles de l'art* ?

– Absolument.

– Et vous êtes venu me voir aussitôt ? »

Il sourit.

« L'avantage de posséder un hélicoptère rapide.

– Le livre n'est pas à vendre.

– Je suis prêt à vous l'acheter à n'importe quel prix. Pensez au temps que vous ferait gagner un afflux important de liquidités.

– Je ne manque pas de ressources. Comme vous devez certainement le savoir.

– Bien sûr. Le monde entier a entendu parler de Terra. Et je connais bien les entreprises de votre famille. »

Elle ignora le compliment, probablement destiné à la désarmer.

« Le manuscrit enluminé n'est pas à vendre. À aucun prix. Il fera partie de l'exposition d'objets médiévaux rares trouvés ici sur le site lorsque notre musée ouvrira.

– Admirable ! Mais j'aimerais ajouter votre trouvaille à ma collection personnelle.

– Malheureusement, ce ne sera pas possible.

– Vous comprenez ce que je veux dire par “n’importe quel prix”, n’est-ce pas ? demanda-t-il.

– Et vous le sens du mot “non” ?

– Mademoiselle Vitt, les choses seraient bien plus simples si vous me donniez un prix afin que nous puissions faire affaire. »

Son insistance la fit presque sourire.

« Je ne crois pas que nous puissions nous entendre. L’objet n’est tout simplement pas à vendre. »

Il soupira.

« J’espérais que nous trouverions un accord. Il n’y a rien qui ne soit pas à vendre. Aujourd’hui, nous parlons d’argent. Demain ?... » Il haussa les épaules. « Qui sait ? »

Elle perçut une vague menace.

« Il n’est pas dit que je n’aurai pas essayé. » Il lui fit une petite révérence avant de se tourner vers la porte. « Inutile de me raccompagner, je trouverai la sortie. Et, mademoiselle Vitt, sachez que ma première offre est toujours la meilleure. Ensuite, toute négociation ne pourrait être qu’à votre désavantage. »

Il s’avança vers la porte.

« Monsieur Bélancourt. »

Il s’arrêta et fit volte-face.

« Si l’envie vous prenait de revenir, ce dont vous vous abstiendrez, j’espère, téléphonez donc avant. »

3

La *Perfecti* s'appuya contre le tronc rugueux d'un grand pin et se dissimula derrière ses branches basses pleines d'aiguilles de printemps. La lumière du soleil, qui filtrait à travers la canopée, éclaboussait le sol. Une odeur forte de terre humide montait de la forêt détrempée.

Le château de Cassiopée Vitt se dressait au loin dans un creux bien abrité, les arbres alentour le protégeant des regards indiscrets. Ses quatre niveaux de pierres et de briques rouge sombre étaient disposés selon des motifs artistiquement symétriques, surmontés d'un toit en ardoise et encadrés par des tours couronnées de lierre. Les anciennes douves avaient été conservées, vestiges d'une gloire passée, désormais envahies d'herbes émeraude.

Et donc, disent-ils, Dieu créa Ses anges en sorte qu'au départ, ils pouvaient faire le bien ou le mal, comme il leur plaisait, et c'est ce qu'ils appelèrent le libre arbitre, ou le choix pour certains. Les deux signifiaient qu'ils avaient une force, ou un pouvoir, dont ils usaient librement et qui leur permettait de faire le bien ou le mal.

Elle murmura ces mots du vieux *Livre des deux principes*, qui semblait toujours lui apporter de la force dans les moments difficiles.

Comme maintenant.

Quel spectacle apaisant que celui de ce château. Elle connaissait son nom. *Matval.* « Paix ». Ça lui allait bien. Et si la beauté formelle avait une importance à ses yeux, elle aurait pu être impressionnée par la richesse et la grandeur de l'édifice, ainsi que par la remarquable bâtisse qu'on érigeait non loin de là, mais elle ne s'était jamais laissé prendre par les raffinements de façade. L'argent ne voulait rien dire pour elle, le pouvoir encore moins. Ce qui lui importait, c'était la résurrection. Une rédemption des *Bons Ôms*, ou « Bons Hommes », des *Bonas Femmas*, ou « Bonnes Femmes », et des *Bons Crestians*, ou « Bons Chrétiens ».

À travers ses jumelles, elle observa Roland Bélancourt qui sortait par la porte principale du château. Le voir arriver en voiture quelques minutes plus tôt ne lui avait pas plu. Il avait apparemment vu la trouvaille archéologique sur le Net, lui aussi, et s'était aussitôt manifesté. Mais il repartait les mains vides. Ce qui voulait dire qu'il n'avait pas réussi à acheter le livre.

Qu'il aille pourrir en enfer pour l'éternité !

Il n'avait aucun droit sur cet objet sacré. Aucun. Si le livre dont on voyait la photo dans l'article du site était ce qu'elle pensait, il revenait de droit au croyant.

Et à personne d'autre.

Une alerte Google qu'elle maintenait depuis des années l'avait renvoyée au site des *Nouvelles de l'art.* Parmi les photos publiées, deux donnaient deux indices cruciaux. Le premier, c'était la couverture du livre détaillant la rosace du vitrail et la croix. Le second était la photo de deux pages intérieures en vis-à-vis, enrichies d'une illustration, le texte tout en occitan. Sur les motifs décoratifs de très grande qualité, elle avait remarqué les symboles cathares. Elle avait également repéré les croix occitanes répétées créant un arrière-plan à motifs sur le côté droit de la page. Entrelacées dans les croix, on voyait des colombes stylisées. On pouvait trouver cet oiseau sculpté de la même élégante manière dans les roches du Languedoc, où les cathares prospéraient jadis. Une colombe en vol libre symbolisait la paix ; elle était en état de grâce d'être ainsi tenue dans le merveilleux amour de Dieu.

Viens toi béni par mon Père, prends possession du royaume préparé pour toi depuis la création du monde. Car j'avais faim et tu m'as donné à manger. J'avais soif et tu m'as donné à boire[1].

Elle en était sûre.

La carte avait été trouvée.

Et à présent, elle n'était qu'à quelques mètres du précieux livre. À la fois ravie et rassurée que ce Bélancourt soit reparti sans lui, mais frustrée de n'avoir pas la moindre idée de la façon dont elle pourrait mettre la main dessus.

1. Selon la traduction de Louis Segond.

Elle était venue à Givors pour rencontrer celle dont il était question dans l'article. Cassiopée Vitt. Une femme ayant pouvoir et fortune, sans aucun doute. Mais aussi quelqu'un du passé. Amateur d'histoire – ce qui pouvait être de bon augure. Elle lui montrerait peut-être le livre. Le regarder ne serait-ce que quelques instants lui suffirait peut-être pour découvrir son secret. Le fait que Bélancourt soit venu ici semblait être la preuve que c'était bien ce dont il s'agissait. Il possédait une des plus grandes collections privées de manuscrits enluminés, mais il avait quitté le château sans celui-ci. Ce qui voulait dire qu'il n'y avait aucune chance pour qu'elle-même puisse l'acheter, surtout qu'elle était loin d'avoir les moyens financiers du magnat de l'aéronautique.

Bénis-nous, bénis-nous, Ô Seigneur Dieu, le Père des âmes des Bons Hommes, et aide-nous dans tout ce que nous désirons entreprendre.

Et de l'aide, elle en aurait bien besoin.

Les anciennes âmes protégeant le livre s'étaient assurées qu'elle viendrait ici. Les bons esprits qui guidaient toutes ses actions éveillées avaient décidé qu'elle arriverait juste après Bélancourt.

Pourquoi ? C'était évident.

Pour qu'elle connaisse son ennemi.

Les catholiques, je leur pisse dessus.

Huit cents ans avaient passé depuis que le pape avait déclaré la guerre aux cathares, tous refoulés par de vaines promesses. Donnez-nous quarante jours de service et votre place au paradis sera assurée. Tous vos péchés seront pardonnés, et pas seulement ceux que vous avez commis, ceux que vous pourriez commettre aussi.

Que des mensonges.

Cette guerre avait été quelque chose d'inédit. Pas une bataille contre les infidèles. Non, une campagne de chrétiens tuant d'autres chrétiens.

La croisade des Albigeois.

Et pendant près de cinquante ans, le peuple du Languedoc avait systématiquement été massacré.

La principale cible ?

Les Bons Chrétiens.

Dont le nombre et l'influence ne cessaient alors de croître. Une nouvelle forme de christianisme qui s'étendait entre ce qui serait plus tard appelé le nord de l'Espagne et le sud de la France, autrement dit l'Occitanie.

Une région ayant une identité culturelle unique. Où les races se mélangeaient pour donner naissance à des individus forts, déterminés, qui respectaient la vérité et la moralité. Beaucoup plus proche de l'Aragon et de la Catalogne que de Paris, une région où il y avait différentes formes de propriété, différentes façons d'hériter, et même une autre langue, l'occitan.

Tout cela étant à la fin devenu une menace.

Le mot « cathare » vient du grec *katharós*, signifiant « pur ». Et une simple désignation suffisait. Celui qui ne vivait pas les enseignements du Christ ne pouvait pas exercer son ministère auprès des autres. Le titre ne signifiait rien, l'argent encore moins. Seule comptait la valeur intrinsèque de l'âme. Peu importait le statut : qu'on fût noble ou le plus pauvre des paysans, la même occasion de prêcher s'offrait à tous.

Homme ou femme.

Pour les cathares, ils étaient égaux.

Les cathares n'avaient pas eu besoin d'une Église pour intercéder auprès de Dieu en leur faveur, ils pouvaient accéder directement au Christ. Pour eux, le monde terrestre, toute la majesté de la nature environnante, était l'œuvre du Dieu du Mal, qui n'était que distraction. Le Dieu du Bien, le pur esprit, était incapable de créer la matière physique. Les habitants de la terre n'étaient que des esprits, piégés ici-bas dans un corps physique, dans un lieu qui était l'œuvre du diable, jusqu'au jour où ils pourraient se transformer et s'élever vers le Dieu du Bien.

Il y avait deux types de croyants. Les simples, qui étaient la grande majorité. Et les Parfaits.

Les *Perfecti.*

Des hommes et des femmes de bonne volonté qui juraient de vivre une vie idéale, au service des croyants. Ils juraient de ne jamais ôter la vie à aucune créature ayant un souffle, qu'elle soit humaine ou animale, et de ne pas manger de viande. Ils s'abstenaient de toute activité charnelle, de mentir, de prêter serment ou de dire du mal des autres. Ils s'en tenaient à la foi du Christ et à son Évangile, tel que les apôtres l'avaient enseigné, et non pas tel qu'une Église l'avait redéfini. Ils étaient si dévoués que, parmi les milliers de personnes torturées et tuées par les croisés albigeois, un seul Parfait avait abjuré la foi.

Que son âme brûle en enfer.

Les Bons méprisaient aussi la Croix. Un Christ crucifié était une impossibilité. Jésus avait été créé par Dieu, pas seulement un homme incarné destiné à être crucifié, mais un esprit ayant vocation à guider ses semblables vers une existence meilleure. Ils vénéraient le Christ, le fils de Marie, mais pas de la même manière que les catholiques. L'encens, les huiles, les statues, les églises et les sacrements étaient des créations du monde physique, donc par nature des distractions qu'il fallait proscrire

Tout cela avait du sens.

Et ils étaient des milliers à partager cette foi.

Ils ne voulaient plus de la consternante simonie du clergé catholique qui extorquait des dîmes, entretenait des maîtresses et vendait indulgences et sacrements. L'extrême pureté de leur vie et leur mépris des richesses valurent aux cathares le respect de la noblesse locale. Mieux encore, les Bons ne représentaient aucune menace pour le pouvoir temporel, contrairement à Rome qui se mêlait continuellement de politique. La simplicité du dualisme cathare l'emportait sur la pesanteur du pouvoir pontifical. Et quand l'évêque de Toulouse censura ouvertement le clergé catholique, dénonçant l'Église, les choses commencèrent à se gâter.

Des prêtres furent dépêchés pour rameuter les fidèles et les ramener au bercail. En vain. Si bien que des forces armées prirent le relais, soi-disant au service de Dieu, se faisant appeler « pèlerins ».

Qu'ils aillent au diable.

Tant de sièges.

Béziers, Carcassonne, Bram, Lavaur, Lastours, Saissac, Minerve, Termes, Les Cassés, Puivert, Toulouse, Muret, Castelnaudary, Foix, Beaucaire, Marmande.

Tant de bûchers. De tortures. De morts.

Son cœur pâtissait encore de toutes les souffrances endurées.

Contrairement à leurs frères chrétiens, les cathares, qui étaient pacifistes, ne se défendirent pas. Mais les nobles locaux prirent les armes pour eux, essayèrent de repousser les envahisseurs. Tout se termina en 1244 avec la chute de Montségur, mais on continua d'envoyer des cathares au bûcher pendant encore cent ans.

Au diable l'Inquisition.

Même s'Il savait très bien, et prévoyait depuis l'éternité ce que serait le sort de tous Ses anges, ceux-ci ne sont pas devenus des démons par Sa sagesse et Sa providence. Ils ont failli de par leur propre volonté, et parce qu'au lieu de rester saints et humbles devant leur Seigneur, ils sont devenus l'incarnation du mal en se gonflant d'orgueil contre Lui.

Le temps de la renaissance était venu.

Les Bons Hommes et les Bonnes Femmes allaient revivre.

Mais pour accomplir cela, elle avait besoin du livre d'heures. Là, dans les bois adjacents au château de Cassiopée Vitt, elle savait maintenant que le Dieu du Bien leur avait accordé une seconde chance.

Le message était clair.

Advienne que pourra. Coûte que coûte, elle devait avoir gain de cause.

Un bruit derrière elle la fit se retourner.

Un cerf débucha, puis s'éloigna.

Elle esquissa un sourire devant une telle beauté.

Elle ne craignait pas la mort. Les cathares ne l'avaient jamais crainte. Celle-ci n'était qu'un moyen d'échapper au monde du mal. Un moment de liberté, où l'âme s'élève enfin vers le royaume du Dieu du Bien, laissant derrière le démon.

Qu'elle fût sans crainte était un avantage.

Qu'elle comptait bien utiliser à son profit.

4

Cassiopée regarda la pendule.

7 h 28.

Le bilan de sa journée d'hier était mitigé. D'abord la visite imprévue de Roland Bélancourt, puis le reste de la journée passé à réfléchir à la signification d'un livre datant d'environ huit cents ans… Elle avait eu du mal à trouver le sommeil et, quand elle y était enfin parvenue, elle avait dormi par à-coups. Le commentaire d'adieu de Bélancourt ne cessait de résonner dans sa tête. *Sachez que ma première offre est toujours la meilleure. Ensuite, toute négociation ne pourrait être qu'à votre désavantage.*

C'était sans aucun doute un avertissement.

Heureusement, il en fallait bien plus pour l'effrayer.

Elle était dans la cuisine, en peignoir, et attendait devant la machine à expresso que son élixir magique coule dans sa minuscule tasse en porcelaine de Limoges. Au cours de la Restauration, la cuisine du XVIIe siècle avait été reconstituée et la pièce avait retrouvé son apparence d'origine, à l'exception de l'ajout d'appareils modernes, la plupart recouverts de placages assortis aux boiseries des murs. Elle était intelligemment conçue et pleine d'invention. Fonctionnelle, aussi. L'architecte d'intérieur de Marseille qu'elle avait engagé avait fait un excellent travail.

Ses parents lui avaient appris à être indépendante, à se fixer des objectifs, lui avaient inculqué le sens des responsabilités, d'où cette confiance qui l'habitait. Son entraînement aux arts martiaux et la pratique du tir sportif avaient encore renforcé l'estime qu'elle avait d'elle-même.

Oui, elle connaissait la peur.

Mais elle savait aussi comment l'apprivoiser.

Elle quitta la cuisine avec son café et, empruntant toute une série de couloirs labyrinthiques, se dirigea vers son bureau. Cet espace douillet avait été le fumoir du duc de Givors, qui avait construit le château d'origine. Ses pièces sombres et mornes, même avec un bon éclairage, la déprimaient. Elle avait donc décapé les murs et remplacé les lambris par un enduit léger et aéré, tout en conservant les riches moulures et le parquet en marqueterie. Deux murs étaient couverts d'étagères qui, contrairement à la bibliothèque où il n'y avait que des pièces de collection, contenaient ses livres personnels, sur des sujets comme l'architecture, l'histoire et la mythologie. Son bureau, un Roentgen, faisait face au mur est, avec des portes-fenêtres qui donnaient sur une terrasse en pierre jouxtant une roseraie.

Elle ouvrit les portes et laissa entrer la brise du matin. Les massifs de lauriers et de chèvrefeuille étaient en pleine floraison. De même que les roses. En sélectionnant les roses pour qu'elles résistent aux maladies, les scientifiques avaient sacrifié le parfum à la robustesse. Cassiopée, elle, s'était attachée à trouver des variétés anciennes comme la Cécile Brünner, la Marie Pavie et la Fée des neiges, qui conservaient leur parfum enivrant. Un peu fragiles, elles demandaient plus de travail, certes, mais elles en valaient la peine.

Comme tant de choses dans la vie !

Elle s'assit à son bureau, ouvrit l'ordinateur portable et mit de la musique. Le matin, sa préférence allait au chant grégorien, et la polyphonie des voix des moines bénédictins résonna dans la pièce. Elle aimait ces sonorités venues d'ailleurs qui l'atteignaient au plus profond d'elle-même et l'apaisaient. Une chose était sûre : la musique avait un pouvoir de guérison. Elle l'avait constaté sur des animaux, des enfants, des malades et des personnes âgées. Il y avait quelque chose de mystérieux dans ce pouvoir. Pas de Dieu. Pas de magie. Juste un tonique pour l'âme.

Elle sirota son café et s'abandonna au moment présent.

Elle chérissait d'autant plus ses parents de lui avoir laissé autant de liberté et de choix de vie. Avait-elle été la meilleure des filles ? Difficile à dire. Eux, en tout cas, avaient été des parents merveilleux.

Elle posa sa tasse et consulta la liste de ses mails pour voir s'il s'en trouvait qui nécessitaient une attention immédiate. Ceux du siège de Terra devaient être lus… mais plus tard. En tant qu'unique actionnaire, elle était tenue informée de toutes les décisions importantes, pas des aspects secondaires de la gestion, car ce n'était pas son style de management : l'essentiel lui suffisait.

Elle transféra trois courriels contenant une demande d'interview à l'agent publicitaire qu'elle gardait sous contrat, celui-là même qui avait recommandé Shelby. Comme dirait Cotton, *elle et Shelby allaient devoir remettre les pendules à l'heure.* Ce qu'avait fait la jeune femme n'était pas correct. Elle vit une réponse à une note, avec des images, qu'elle avait envoyées la veille à un spécialiste des manuscrits enluminés au Collège de France à Paris, lui demandant de l'aide pour sa découverte. Le professeur y exprimait son intérêt et son désir de travailler avec elle.

L'ordinateur portable sonna.

Un nouveau courriel.

De Cotton.

Elle arrêta la musique, ouvrit la messagerie et ne vit qu'un lien. Elle hocha la tête et sourit. Il n'était pas du genre romantique. Pourtant, même s'il parlait rarement d'amour, elle n'avait jamais douté de ses sentiments pour elle.

Elle cliqua sur le lien, qui la conduisit à une vidéo sur un oligarque russe avec lequel ils avaient traité quelques années auparavant. Sa femme s'était soi-disant suicidée, mais la police russe avait arrêté l'oligarque pour meurtre. Inhabituel, c'est le moins qu'on puisse dire. L'argent achetait le pouvoir en Russie.

Mais, apparemment, leur ancien ennemi juré était tombé en disgrâce. Elle était d'accord avec la courte note que Cotton avait tapée au-dessus du lien. Ça n'aurait pas pu tomber sur un type plus gentil.

Un cri retentit à l'extérieur.

Elle bondit de sa chaise et se précipita vers la porte-fenêtre. Sur la pelouse, juste au-delà de la roseraie, Viktor et Shelby poursuivaient une silhouette encapuchonnée en lui criant de s'arrêter.

Que se passait-il ?

La silhouette, qui était véloce et avait une bonne avance, disparut derrière les arbres juste au moment où Shelby tombait durement par terre. Viktor continua, mais Cassiopée se précipita pour voir si Shelby ne s'était pas fait mal. Se joindre à la poursuite en peignoir aurait été peu pratique de toute façon, vu qu'elle ne portait pas grand-chose en dessous.

« Es-tu blessée ? demanda-t-elle.

– Le… livre, dit Shelby en haletant. Le livre, il faut le récupérer.

– Quelqu'un a le manuscrit ? »

Shelby hocha la tête, luttant pour reprendre son souffle.

« Ça va, je vais bien. Cette salope m'a assommée avec… avec un plateau en métal. J'ai la tête qui tourne. Fonce… récupère le livre.

– Inutile », dit Viktor qui revenait en courant.

Il avait une égratignure au visage et un mince filet de sang coulait le long de sa joue droite.

La boîte en plastique contenant le livre d'heures était entre ses mains.

« Je l'ai. Espérons qu'il n'a pas souffert. »

Il le lui tendit.

« On ne peut pas en dire autant de ton visage », observa Cassiopée.

Il fit un geste signifiant que ce n'était rien.

« J'ai couru à travers le verger. J'ai réussi à la plaquer au sol, mais elle m'a donné un coup de pied dans le ventre et s'est enfuie. » Il exhiba l'objet. « Elle a laissé ça derrière elle. »

C'était une première. Une véritable tentative de vol. Les chiens patrouillaient la nuit sur le site de construction pour empêcher que les cerfs et les sangliers ne fassent trop de dégâts, mais on n'avait jamais employé les grands moyens.

« Nous sommes trop laxistes en matière de sécurité, dit Viktor. Il serait peut-être temps d'installer de nouveaux dispositifs de surveillance. »

Peut-être.

« Mais je n'ai aucune envie de vivre comme dans une prison. »

Pourtant…

Cela faisait deux personnes intéressées par le manuscrit.

Ou peut-être une seule, faisant deux tentatives différentes.

Ensuite, toute négociation ne pourrait être qu'à votre désavantage.

Il était temps de rendre visite à Roland Bélancourt.

5

La *Perfecti* avait mal à la jambe. Sa course pour s'enfuir du château de Cassiopée Vitt avait réveillé une vieille blessure. Mais ce qui était le plus douloureux, c'était que le Dieu du Mal l'avait emporté.

C'est un devoir qui nous incombe que de reconnaître qu'il existe un autre principe, celui du Mal, qui travaille pernicieusement contre le vrai Dieu et Sa création, et ce principe semble pousser Dieu contre Sa propre création et la création contre son Dieu.

Le Dieu du Bien voulait qu'elle ait le manuscrit. Sinon, pourquoi aurait-elle été envoyée ici ? C'était d'autant plus évident qu'elle n'avait pas rencontré d'obstacle pour entrer dans les lieux sans se faire remarquer. La veille, elle avait vu Cassiopée Vitt transporter le livre d'heures du château jusqu'à un bâtiment annexe appelé « le laboratoire ». Constatant que Vitt était repartie les mains vides, elle avait compris que l'objet convoité y avait été remisé. Elle avait voulu le récupérer pendant la nuit, mais le chantier était patrouillé par des chiens qui veillaient sans relâche. Les animaux n'avaient pas été enfermés avant un peu plus de sept heures du matin.

C'est à ce moment-là qu'elle avait agi.

Il n'y avait qu'une poignée de personnes dans les parages, si bien qu'elle s'était dépêchée de traverser le site, se dissimulant derrière des tas de gravats et des hangars, une capuche noire sur la tête. Au laboratoire, elle avait forcé la porte, qui n'était protégée que par une simple serrure. Et elle y avait trouvé le livre, bien caché dans une boîte en plastique. Elle avait ouvert la boîte, vu la couverture en cuir usé et la rosace, puis caressé la surface du bout des doigts, sentant la gloire de Dieu l'inonder. Elle avait remis le couvercle en place et s'apprêtait à repartir quand le malin s'en était mêlé.

« Eh là, qu'est-ce que vous faites ? » avait demandé une voix féminine.

Elle s'était retournée et avait vu une femme passer la porte du laboratoire.

Revêtez-vous de toutes les armes de Dieu afin de pouvoir tenir ferme contre les ruses du diable ; prenez par-dessus tout cela le bouclier de la foi, avec lequel vous pourrez éteindre tous les traits enflammés du malin (Éphésiens).

Il fallait écarter la menace.

Elle avait attrapé un plateau et l'avait abattu sur la tête de la femme, mais si celle-ci n'avait paru qu'assommée, elle n'avait pas perdu connaissance et, même, elle s'était jetée sur elle. Toutes deux étaient tombées et la *Perfecti* lui avait envoyé un coup de genou qui lui avait permis de se relever, d'attraper la boîte en plastique et de se ruer dehors. Elle avait abandonné toute prudence et couru à travers la pelouse pour s'éloigner du château et atteindre la forêt au plus vite. Quelqu'un avait crié : « Stop ! » Un rapide coup d'œil en arrière, et elle avait vu la femme du laboratoire et un homme la poursuivre à une cinquantaine de mètres. La femme était tombée dans sa course, mais l'homme avait continué.

Elle avait la gorge sèche, le souffle court, mal aux genoux.

Mais elle avait couru de plus belle.

Puis quelque chose l'avait frappée par-derrière. Elle avait vacillé sur ses jambes, basculé et heurté le sol, les poumons soudain privés d'air, deux bras lui ayant entouré la taille. Mais la prise s'était relâchée et elle en avait profité pour se libérer et donner un coup de pied dans la poitrine de l'homme. Il avait roulé sur le côté, le souffle coupé, et elle s'était relevée d'un bond.

Sans s'occuper d'elle, il avait attrapé la boîte en plastique. Aurait-elle pu avoir le dessus ?

Probablement pas.

Alors elle avait couru vers sa voiture et était repartie.

Quelle malchance !

Il y avait si longtemps qu'elle cherchait, la majeure partie de la dernière décennie avait été consacrée à cette quête d'un indice qui la mettrait sur la voie. Pas en occitan, qu'elle préférait. Mais en français.

Le livre de roses conduira au lac de la connaissance[1].

Elle avait étudié tous les traités et textes existants, lesquels étaient peu nombreux. Elle avait examiné toutes les gravures, sculptures et artefacts liés d'une manière ou d'une autre à l'histoire des cathares. Elle avait longtemps vécu dans le sud de la France, respiré un air qui contenait des particules de poussière identiques à celles que ses ancêtres avaient inhalées. Elle aurait très bien pu être l'un d'entre eux, son âme renaissant encore et encore dans des enveloppes de chair pécheresse, passant par des cycles de vie, en quête d'une libération définitive.

Elle devait trouver le lac de la connaissance. Mais elle avait échoué.

Une fois de plus.

Des larmes lui étaient montées aux yeux.

Que faire à présent ? Plus important encore, qu'allait faire Cassiopée Vitt ? Tout ce que la *Perfecti* avait lu sur elle suggérait que c'était quelqu'un de très intelligent et de rationnel. Une collectionneuse, mais pas une fanatique. Historienne et architecte. De toute évidence, elle aimait prendre des risques. Le fait qu'on ait essayé de voler le livre ne serait pas pris à la légère. Accuserait-elle Bélancourt ? C'était possible. Ou non, probablement pas. Alors, peut-être que le moyen de posséder le livre d'heures était de le prendre après que Bélancourt eut réussi à l'obtenir ?

Lui laisser le temps de se l'approprier.

---

1. En français dans le texte.

Au volant de sa voiture, alors qu'elle se dirigeait vers Toulouse, elle tournait et retournait toutes les options dans sa tête. Vitt irait voir Bélancourt et affronterait l'homme dont elle pensait qu'il était l'auteur de la tentative de vol. Quand ? Aujourd'hui ? Demain ?

Difficile à dire.

Mais elle irait.

Le trajet dura cinq heures, dont un arrêt pour aller aux toilettes, boire un café chaud et manger une pomme. Elle avait toujours très mal au genou. Elle se rendit directement au siège de Bélancourt Aérospatiale et se gara au parking visiteurs, sa voiture venant se fondre aux centaines d'autres déjà présentes. L'entrée principale se trouvait de l'autre côté de la rue et elle se dit qu'elle devait faire attention aux caméras qui surveillaient sûrement chaque centimètre carré du site.

Quel était ce dicton ?

Sois proche de tes amis, et encore plus proche de tes ennemis.

Roland Bélancourt, le papiste, était sans doute son plus grand ennemi. Elle connaissait ses habitudes, ses repaires. Ses goûts et ses dégoûts. Ses envies et ses désirs. Il était près de treize heures trente, il venait donc de finir de déjeuner. Il aimait prendre son repas de la mi-journée chez Émile, place Saint-Georges, plus tard que la plupart des gens. À treize heures quarante-cinq, très exactement, sa

Rolls-Royce avec chauffeur franchit le portail sans s'arrêter devant le gardien. Plus tard, il quittait le bureau à dix-huit heures. Il dînait toujours chez lui, dans son château situé à quelques kilomètres de la ville, sauf en cas de réunion ou d'événement exceptionnel, ce qui était rare, car il aimait terminer tôt sa journée de travail. Il se couchait à vingt et une heures et se levait à cinq heures du matin. Rien ne comptait plus désormais pour elle que le livre et la possibilité qu'après tant de siècles, ses secrets soient enfin à sa portée. Sa première tentative avait été désastreuse. Cette fois, elle n'avait plus droit à l'échec.

À quatorze heures vingt, sa vigilance fut récompensée.

Une voiture s'approcha de l'entrée.

Cassiopée Vitt était au volant.

6

Cassiopée entra dans l'enceinte de Bélancourt Aérospatiale.

C'était sa première visite, bien qu'elle eût déjà vu l'énorme complexe industriel lors de ses allers-retours à Toulouse, puisqu'il se trouvait à proximité de l'aéroport principal.

Givors, où elle habitait, était une très belle ville située au confluent du Rhône et du Gier. Elle était entourée de champs boisés et de montagnes, surtout au sud où se trouvaient sa demeure et son projet de château. C'était une ville connue à l'origine pour ses industries métallurgiques et ses verreries, mais elles avaient disparu depuis longtemps. Maintenant, c'était surtout une ville-dortoir pour ceux qui travaillaient à Lyon, à environ une demi-heure de route. Lyon où se trouvait l'aéroport le plus proche.

Mais elle n'avait pas eu le temps de conduire jusque-là et d'attendre le prochain vol intérieur, si bien qu'elle avait organisé un voyage en hélicoptère qui irait directement de son château à Toulouse.

Son père lui avait appris qu'il fallait de temps à autre savoir s'offrir des petites folies, surtout lorsqu'elles permettaient de gagner du temps, ce temps que l'argent ne pouvait pas acheter. Sa mort, survenue bien trop tôt, à l'âge de soixante-douze ans, lui avait donné raison. Sa mère était morte quelques mois plus tard, le cœur brisé, à en croire certains. Cassiopée se prenait parfois à rêver qu'ils étaient encore en vie, chez eux, en Espagne. Illusoire, certes, mais c'était un rêve qui apaisait le chagrin qu'elle éprouvait encore.

Pendant le vol, elle s'était documentée sur Roland Bélancourt.

Né et élevé à Toulouse, il avait fait des études universitaires dans la région et, après avoir obtenu son diplôme, créé Bélancourt Aviation, une petite entreprise qui fabriquait des avions de tourisme. Aujourd'hui, le conglomérat, baptisé « Bélancourt Aérospatiale », employait plus de dix mille personnes et, avec Airbus, Air France Industries et Dassault Aviation, était devenu l'une des cinq plus grandes entreprises de l'Aerospace Valley – région située entre Toulouse et Bordeaux –, appelée ainsi parce que plus de cinq cents entreprises aéronautiques s'y étaient regroupées.

Les informations sur la vie privée de Bélancourt, en revanche, étaient nettement plus sommaires.

C'était un philanthrope bien connu, qui avait créé des dotations aux départements Aéronautique, Espace et Aviation civile de son *alma mater*, l'université fédérale Toulouse-Midi-Pyrénées, l'une des plus anciennes de France. Fondée en 1229, si elle ne se trompait pas. À peu près à l'époque où le livre d'heures avait été réalisé. Parallèlement à ce type de mécénat, Bélancourt était aussi très généreux en faveur de la restauration du patrimoine historique, des édifices religieux notamment. Elle avait ainsi lu un récit de sa reconstruction du cloître et des remparts de la cathédrale Saint-Étienne de Toulouse, dont l'architecture originale était réputée dans la région.

Comme son père, Bélancourt était un collectionneur d'art passionné, qui prêtait volontiers aux musées du monde entier. On savait peu de choses sur sa situation familiale, si ce n'est qu'il avait été marié, mais que cette union s'était soldée par un divorce au bout de onze ans et qu'il n'avait pas eu d'enfant. Il y avait des femmes dans sa vie, la dernière en date étant Nina St. Clair, une romancière respectée, dont Cassiopée appréciait les livres, mais rien ne laissait penser que c'était un play-boy.

Elle sortit de la voiture face à un bâtiment en verre avec le logo de la société inscrit en bleu cobalt au-dessus de l'entrée. La rencontre avait été organisée en deux temps, trois mouvements. Un appel à Bélancourt pour lui dire qu'elle voulait discuter du livre, et une voiture l'attendait à l'héliport voisin lorsqu'elle avait atterri.

À l'intérieur, elle fut accueillie par une blonde placide à l'air aimable et efficace, qui la fit ressortir par une porte arrière donnant sur un alignement de hangars. En chemin, on lui demanda si elle souhaitait des rafraîchissements. De l'eau lui parut une bonne idée. Elle fut conduite dans l'un des plus petits hangars ornés du logo bleu qui, à son grand étonnement, se révéla être le bureau exécutif de Bélancourt.

L'entrée était divisée en trois espaces distincts, très probablement destinés aux assistants. Deux portes en chêne menaient à une pièce sombre aux murs tapissés de cuir couleur caramel fixé par des rivets, le plafond voûté étant identique à la couverture extérieure en tôle d'acier. Cette combinaison de couleurs se retrouvait dans le dessin moderne tissé dans un tapis de haute laine. Les canapés et les chaises étaient recouverts du même cuir caramel. Le bureau de Bélancourt, ainsi qu'une longue table de conférence et les chaises qui l'entouraient étaient façonnés dans ce qui ressemblait à des ailes d'avion. Quelques peintures et lithographies de prix ornaient les murs.

Et puis il y avait les artefacts.

Un bouddha tibétain trônait sur une table contre le mur. Plusieurs autres bustes étaient présentés sur des piédestaux. Les étagères renfermaient de vieux volumes de biologie et de nature, reliés et protégés par des étuis en tissu. Un meuble à tiroirs vitrés contenait des os oraculaires et ce qui semblait être des dents de mégalodon[1]. Un stéréoscope présentait une collection de vues séculaires. Tout cela avait l'allure d'un musée dont toute chaleur humaine était absente.

1. Une espèce de requins dont l'extinction date d'environ 1,6 million d'années.

« Absolument enchanté de vous revoir », dit Bélancourt, se levant de son bureau et s'avançant vers elle.

Il était vêtu, comme la veille, d'un costume sombre, d'une chemise à col dur et d'une cravate en soie. Il avait le visage rasé de près, des cheveux impeccablement coiffés et des yeux bruns limpides qui vous regardaient fixement. La femme qui avait escorté Cassiopée lui versa un verre d'eau d'Évian avec une rondelle de citron vert. Elle en but quelques gorgées.

« Je ne suis pas sûre que vous serez aussi enchanté quand vous aurez entendu ce que j'ai à vous dire. »

Il eut l'air perplexe.

« Je suis un grand garçon, vous savez.

– Votre tentative de ce matin pour voler le livre a échoué. »

L'expression de Bélancourt passa de la perplexité à l'inquiétude.

« Qu'une telle chose se soit produite me désole. Vraiment. Mais mes tentatives n'échouent jamais, je vous le garantis.

– Et pourtant, avec moi, c'est la seconde fois. »

Il s'en amusa.

« Vous me plaisez. Vous êtes directe, c'est rafraîchissant.

– Je suis désolée, mais je ne peux pas en dire autant de vous.

– Je vous assure que je n'ai pas essayé de voler ce livre. Vraiment.

– Et pourquoi ai-je tant de mal à vous croire ?

– Parce que je suis déjà suspect à vos yeux. Et je comprends que vous puissiez penser que j'aurais pu essayer. Mais, j'insiste, ce n'est pas moi. »

En dépit de la répugnance qu'elle éprouvait pour Bélancourt, quelque chose la troublait. Soit c'était un menteur de classe internationale, soit il ne savait vraiment pas de quoi elle parlait.

« Si je comprends bien, vous n'êtes donc pas ici pour me vendre le manuscrit », dit-il.

Elle avala encore un peu d'eau et décida elle aussi de ne plus l'aborder frontalement.

« Vous vous êtes donné beaucoup de mal pour créer ce bureau. Une belle réussite.

– L'ordinaire m'ennuie. J'aime l'originalité.

– Cet espace en témoigne, ça c'est sûr ! »

Elle aimait les hommes forts. Mais alors que Cotton tempérait sa force par l'humilité et la compassion, Bélancourt exsudait l'orgueil et l'arrogance. Et ça, elle détestait. Mais elle ne détecta pas chez lui le mensonge ou les fioritures dont on use souvent pour faire croire à une vérité. Aucun signal d'alarme.

« Quelqu'un a essayé de voler le manuscrit ce matin. Nous pensons que c'est une femme. Elle avait la tête recouverte d'une capuche. Elle a réussi à s'échapper, mais nous avons pu sauver le livre.

– C'est une bonne nouvelle. Mais sachez que je ne vole pas. J'achète. Ce livre vaut cent mille euros maximum. Je suis prêt à vous en donner le double maintenant.

– Vous avez bien insisté hier sur le fait que votre prochaine offre serait bien différente, dit-elle. Vous aviez raison. Elle est différente. Maintenant, vous m'offrez le double de sa valeur.

– Vous n'avez aucune idée de ce qu'aurait été mon offre hier. Nous ne sommes jamais allés aussi loin dans la discussion. »

Exact.

« Vous comprenez sûrement pourquoi j'ai pu penser que vous étiez derrière le vol, à essayer d'obtenir le livre pour rien. »

Il hocha la tête.

« Mais ce n'était pas moi. »

La question restait donc entière.

« Qui, alors ? »

Il haussa les épaules.

« Ça pourrait être un voleur d'art, en quête de quelque chose à vendre. Il y en a beaucoup qui font du trafic d'objets volés. Il a probablement vu la nouvelle sur Internet, comme nous, et s'est dit que ce serait une chose facile à voler, la propriété étant très isolée. »

C'était tout à fait plausible, en effet. Mais quand même.

« Pourquoi ce livre est-il si important pour vous ?

– Je collectionne tout ce qui a trait à la connaissance et à la beauté. Les livres d'heures sont particulièrement intéressants. J'ai vu les images en ligne et elles m'ont parlé. Il fallait que je l'aie. »

Là, elle sentit qu'il mentait. Il ne s'agissait pas d'art. Ou de la convoitise d'un collectionneur. Quelque chose d'autre était en jeu dans cette affaire.

« Je possède l'une des plus grandes collections privées de manuscrits enluminés au monde, dit-il. Je serais très heureux de vous la montrer. »

Maintenant, il essayait le charme.

« Monsieur Bélancourt, je ne crois pas aux coïncidences. Je ne suis toujours pas totalement convaincue que vous n'étiez pas derrière la tentative de vol d'aujourd'hui. Mais je vous prends au mot. Je suis venue vous redire, en face, que le manuscrit n'est pas à vendre. N'essayez plus de vous le procurer, s'il vous plaît. » Elle marqua une pause. « De quelque manière que ce soit.

– J'ai bien peur que ce soit impossible.

– Et pourquoi donc ? » s'étonna-t-elle.

Il se tenait très droit, mains croisées derrière le dos.

« Comme je vous l'ai déjà dit, je ne volerai jamais rien. Mais la déclaration que je vous ai faite hier tient toujours. Ma prochaine offre sera loin des deux cent mille euros. »

Son arrogance reprenait le dessus.

« Comme vous allez bientôt vous en rendre compte, les moyens que je mets en œuvre pour obtenir ce que je veux sont bien plus efficaces que le vol. »

Elle n'aima pas du tout cette déclaration.

Un sourire irritant apparut sur le visage émacié de Bélancourt.

« *Au revoir, mademoiselle*[1]. »

---

1. En français dans le texte.

7

Cassiopée salua Jean-Paul Weil, le président de son conseil d'administration, ainsi que Marie L'Étoile, la conseillère juridique de la société. Tous deux travaillaient déjà pour son père, et ils étaient restés avec elle à Terra. Deux jours s'étaient écoulés depuis sa rencontre avec Roland Bélancourt à Toulouse, les derniers mots de ce celui-ci résonnant encore comme une menace, même prononcés d'un air détaché.

Jean-Paul et Marie avaient fait les quatre cents kilomètres depuis Paris pour venir à la réunion. Du temps de son père, le siège de la société était à Barcelone. Mais elle l'avait déplacé à la suite d'un alourdissement de la fiscalité des entreprises espagnoles. Les autorités françaises s'étaient montrées beaucoup plus accueillantes pour le siège social d'une entreprise réalisant un chiffre d'affaires de plusieurs milliards d'euros et employant plus de cinq cents personnes. Elle avait donc transféré la société en France et changé son nom en Terra. Terre. Son père aurait sûrement approuvé, puisqu'il était le premier à citer Virgile qui disait que la fortune sourit aux audacieux. Ou, dans le cas présent, aux audacieuses.

Cassiopée les conduisit dans un salon confortable qui avait été la salle de musique du château. Les moulures dorées d'origine – aux motifs de violons, de cors et de flûtes disséminés parmi des guirlandes de fleurs – attiraient le regard. Elles ressortaient sur les murs et le plafond vert céladon, une couleur qu'on voit habituellement dans un œil-de-chat. Un gigantesque tapis céladon lui aussi protégeait le parquet séculaire. Un plateau avec café et biscuits attendait sur une table. Elle servit ses invités, puis s'enquit de la raison de leur visite.

« Nous avons un problème, dit Jean-Paul. Nous n'avons jamais rien connu de tel, et nous avons pensé que le mieux était de venir vous en parler en personne. »

Tout cela n'augurait rien de bon.

« Au cours des dernières quarante-huit heures, nous avons perdu six gros contrats en cours de négociation, enchaîna-t-il. On nous a également dit que nous étions inéligibles pour une douzaine d'autres contrats ici en France, en Belgique, en Hollande et en Italie, en raison de procédures engagées contre nous. »

Cassiopée se tourna vers Marie.

« Quel est l'objet de ces poursuites ?

– Livraisons tardives, non-conformité des matériaux, surfacturation. Il est même question de fraude pour deux d'entre eux. »

Elle accusa le coup. Jamais l'entreprise n'avait eu à faire face à de telles accusations.

« Avant que ces affaires ne deviennent publiques, ajouta Jean-Paul, nous voulions vous assurer que nous n'avons commis aucune des irrégularités qui nous sont reprochées.

– Toutes ces poursuites sont infondées, renchérit Marie. Je peux m'en occuper, mais pour qu'elles soient abandonnées, il va nous falloir du temps, sans compter que ça va nous coûter cher. Il s'ensuivra immanquablement un effet négatif sur l'image de l'entreprise. Peut-être même des pertes, de l'ordre de centaines de millions d'euros.

– Vous pouvez m'en dire un peu plus ? » demanda Cassiopée.

Jean-Paul ouvrit sa mallette Louis Vuitton, en sortit un ordinateur portable et lui présenta une feuille de calcul. Elle se pencha, regarda par-dessus son épaule et consulta les données.

« Les contrats en cause portent tous sur le platine et l'argent, deux des métaux que nous vendons le plus. Pas en très grandes quantités, mais à des prix élevés, et ils sont très rentables.

– Laissez-moi deviner. Ces contrats, tous dans le secteur aérien, c'est ça ?

– Exact, dit Marie. Nous sommes l'un des principaux fournisseurs des métaux précieux de cette industrie, et depuis longtemps. C'est pourquoi ces annulations sont si surprenantes. Surtout provenant de clients historiques.

– Certains appartiennent-ils au groupe Bélancourt ? »

Marie parcourut la liste.

« Au moins la moitié d'entre eux, oui. »

Cassiopée n'en fut pas surprise.

Comme vous allez bientôt vous en rendre compte, les moyens que je mets en œuvre pour obtenir ce que je veux sont bien plus efficaces que le vol.

Ce type avait du culot, elle le lui concéda.

« Vous avez l'air de savoir de quoi il retourne, dit Jean-Paul.

– Heureusement, oui. »

Elle s'entretint une heure de plus avec Jean-Paul et Marie, élaborant une stratégie pour défendre l'entreprise contre ces attaques. Les poursuites étaient engagées dans trois juridictions européennes différentes, mais le département juridique de Terra était capable de relever le défi. Elle leur dit de réfuter toutes les allégations, et de la laisser se charger du reste. Elle ne leur divulgua rien des menaces de Bélancourt, seulement qu'elle avait identifié l'origine du problème et qu'elle les tiendrait au courant. Après leur départ, elle se dirigea vers son bureau où le livre d'heures était enfermé dans un coffre-fort mural.

Elle alla chercher la boîte en plastique et s'assit à son bureau.

Qu'est-ce qui donnait tant de valeur à cet objet ?

Les livres d'heures étaient à l'origine réalisés par des moines comme des livres liturgiques destinés aux clercs. Ils rassemblaient des textes appropriés aux heures canoniales et des prières pour chaque office de la semaine, du mois, de l'année. Elle savait qu'ils commençaient toujours par un calendrier liturgique, une liste des jours de fête dans l'ordre chronologique, ce qui était aussi un moyen de calculer la date de Pâques.

Mais celui-ci ne contenait pas de calendrier.

Normalement, chaque section des prières était accompagnée d'une illustration pour aider le lecteur à méditer sur le sujet. Les scènes bibliques et les images de saints étaient courantes, de même que les tranches de vie rurale ou des représentations de la splendeur royale. On appelait « miniatures » ces illustrations, non pas parce que les images étaient petites mais parce que ce terme tirait son origine du latin *miniare*, qui signifie « éclairer ».

Or celui-ci comportait peu d'images de ce type.

Les symboles dominaient, en revanche.

Une étrange configuration de lignes et de cercles.

Le latin était aussi la langue commune à ces livres d'heures. Pourtant celui-ci était en occitan, le dialecte du Languedoc, jadis langue préférée des troubadours. Huit cents ans auparavant, la plupart des gens du sud de la France le parlaient. Aujourd'hui, c'est une langue régionale, qui a survécu. De temps à autre, certaines plaques de rue ou pancartes apparaissent à la fois en français et en occitan, bien que l'occitan soit beaucoup moins répandu de nos jours. Il n'est plus guère utilisé qu'à la maison, en famille ou entre amis. Cassiopée avait tout de même appris à le parler à l'université, et les ouvriers du chantier de construction l'utilisaient fréquemment. Mais presque aucun manuscrit rédigé dans cette langue du passé n'avait survécu.

À l'exception de celui-ci.

Les livres d'heures étaient généralement réalisés sur du parchemin ou du vélin spécialement traité pour recevoir le pigment. L'encre utilisée ne lui était pas non plus inconnue. Du fiel de fer, fabriqué à partir des noix de galle des chênes, où les guêpes déposent leurs larves, teinté grâce à l'utilisation de minéraux divers. L'écriture se faisait généralement avec une plume d'oie. La teinture la plus vive et la plus chère était le lapis-lazuli, une pierre fine bleue avec des mouchetures d'or qu'au Moyen Âge on ne trouvait que dans l'Afghanistan actuel.

Ce bleu-là semblait ici très présent.

Rare, mais pas inhabituel.

Ceux qui avaient réalisé ce travail avaient utilisé beaucoup de feuilles d'or et d'argent. L'effet obtenu était merveilleux, et donnait un éclat particulier aux enluminures.

Le radar de Cassiopée se mit en alerte maximale. Roland Bélancourt s'était donné beaucoup de mal pour attirer son attention.

Uniquement dans le but d'enrichir sa collection ?

Sûrement pas.

Elle prit son téléphone portable et composa le numéro figurant sur la carte que Bélancourt lui avait laissée. Un assistant la mit directement en relation avec lui et elle imagina aussitôt le sourire suffisant avec lequel il répondit. Il était inutile de perdre son temps en mondanités.

« Très bien. Je suis tout ouïe.

– Je me disais bien que mon message serait explicite. Peut-être pouvons-nous avoir un échange plus ouvert.

– Jusqu'où êtes-vous prêt à aller ?

– Jusqu'à ce que je l'obtienne.

– Pourquoi ce livre est-il si important pour vous ? »

La réponse tarda un peu.

« Je pourrais me dérober, ou bien tout simplement vous mentir. Mais je ne vais faire ni l'un ni l'autre. Disons que c'est personnel ; ce livre a une grande signification pour moi. Plus que je ne saurais dire. »

C'était la deuxième fois qu'il lui disait quelque chose qu'elle croyait.

« *Monsieur* Bélancourt, vous et moi avons clairement été poussés l'un vers l'autre. Je suppose que vous n'allez pas en rester là, vu les efforts que vous avez déjà déployés pour me faire céder. Cela étant, je ne veux toujours pas vendre. Alors, si vous avez une suggestion ?

– J'ai une proposition. Me permettriez-vous de vous montrer quelque chose ? »

Elle n'avait pas le choix.

« De quoi s'agit-il ?

– Consacrez-moi une demi-journée de votre temps demain. Si, après cela, vous ne souhaitez toujours pas vendre, je laisserai tomber l'affaire. »

Ça lui semblait beaucoup trop raisonnable.

Mais, une fois de plus, elle n'avait pas le choix.

« Portez des vêtements confortables et des chaussures adaptées à l'escalade et à la randonnée, dit-il. J'enverrai un avion vous prendre à Lyon demain matin à huit heures. »

8

La *Perfecti* entra dans la maison et s'agenouilla. Mains jointes, elle s'inclina trois fois en disant :

« Bénis-moi, Seigneur. Prie pour moi. »

L'homme qui vivait là répondit à son appel :

« Conduis-nous à notre fin légitime.

– Que Dieu vous bénisse, renchérit-elle. Dans nos prières, nous demandons à Dieu de faire de nous de bons chrétiens et de nous conduire à notre fin légitime. »

Il lui adressa un sourire.

Elle y répondit avec chaleur et compassion.

Le *melhoramentum* terminé, elle se leva.

Elle était venue de Toulouse en voiture après avoir surveillé Bélancourt Aérospatiale presque toute la journée. Son président et actionnaire majoritaire était arrivé au travail, puis était allé déjeuner, était revenu et reparti, fidèle à son horaire habituel. Cassiopée Vitt n'était pas réapparue ces deux derniers jours.

C'était l'impasse.

Et frustrant pour elle.

Elle chassa ce souci-là de son esprit et essaya de se concentrer sur sa tâche. Ce soir, une joie spéciale l'attendait, que chaque *Perfecti* se réjouissait de vivre. Elle était venue dans cette ferme rurale, près du village d'Aug, pour accomplir le *consolamentum.* Ou « consolation ». L'imposition des mains. Un baptême spirituel, marquant la transition de simple croyant à *Perfecti.*

La cérémonie la plus sacrée pour un cathare.

Ni eau ni immersion, comme l'avait instauré Jean le Baptiste pour les catholiques. Au lieu de cela, comme le pratiquait Jésus, ce rite qui reposait sur l'Esprit saint pénétrait l'âme et offrait la rédemption et la pureté. Frappant par sa simplicité, mais puissant par ses effets, il avait été transmis de générations en générations de *Bons Crestians.*

« Conduis-moi à elle », dit la *Perfecti.*

Le vieil homme la mena jusqu'à une petite chambre à coucher. La lumière blafarde d'une lampe éclairait à peine la pièce. Une vieille femme était allongée sous un édredon aux couleurs vives. Son visage émacié était d'une pâleur cadavérique, il ne lui restait que quelques cheveux blancs. Elle était malade depuis longtemps, la mort était proche. Le Dieu du Bien venait réclamer un autre esprit.

La *Perfecti* sortit l'évangile relié en cuir de son sac bandoulière et le tint au-dessus de la tête de la vieille femme.

« Bénis-nous, bénis-nous, ô Seigneur Dieu, le Père des esprits du Bien, et aide-nous dans tout ce que nous voulons accomplir. »

Du livre sacré, elle retira une feuille de papier sur laquelle elle avait imprimé la prière du Seigneur. Elle la tendit au mari, qui lut lentement les mots sacrés à haute voix.

Notre Père, qui es aux cieux,
Que ton nom soit sanctifié,
Que ton règne vienne,
Que ta volonté soit faite sur la terre comme au ciel.
Donne-nous aujourd'hui notre pain de ce jour,
Pardonne-nous nos offenses
Comme nous pardonnons aussi
À ceux qui nous ont offensés.
Ne nous laisse pas entrer en tentation
Mais délivre-nous du mal,
Car c'est à toi qu'appartiennent
Le règne, la puissance et la gloire
Pour les siècles des siècles.

D'ordinaire, les simples croyants n'invoqueraient jamais Dieu de cette façon, la prière étant réservée aux seuls *Perfecti.* Mais il s'agissait là d'une occasion particulière. Une nouvelle âme était accueillie au bercail, le mari parlant pour l'épouse qui allait désormais devenir enfant de Dieu, Dieu devenant son père, lui conférant le droit de s'adresser à Lui comme *Notre Père.*

« Les Écritures disent que l'esprit habite les Bons, ceux qui ont été adoptés, comme un fils, par Dieu, dit-elle. Ce soir, je suis venue en accueillir un autre. Veuillez répéter le *Notre Père.* »

Il obtempéra.

Sur les lèvres minces de la vieille femme couchée là, immobile, qui respirait difficilement, un petit sourire se dessina.

« Peut-elle parler ? » demanda-t-elle.

Il secoua la tête.

« Pas depuis une semaine. Je doute même qu'elle nous entende.

– Alors il va falloir que vous parliez pour elle. »

Le *consolamentum* était un rituel d'ordinaire réservé aux mourants, à de simples croyants confrontés à une mort imminente et prêts à s'élever au niveau suivant de la foi. Alors que les papistes se faisaient baptiser à la naissance en prévision d'une longue vie au service de l'Église, les Bons attendaient l'agonie, lorsque l'esprit allait être enfin libéré du monde physique maléfique, pour entrer dans la gloire du Dieu du Bien. Le croyant qui mourait rapidement n'avait pas l'occasion de retomber dans le péché. Mais, si le postulant se rétablissait, alors il devenait un *Perfecti* tenu de vivre le restant de sa vie comme tel.

Cela ne semblait pas être une éventualité dans ce cas-ci.

« Renoncez-vous à l'Église prostituée des persécuteurs ? demanda-t-elle à la vieille femme. À leurs répliques de croix, leurs simulacres de baptêmes et leurs rites magiques ? » Elle posa une main sur son épaule, puis toucha sa tête avec l'évangile. « Je dois vous rappeler tout ce qui est interdit, et tout ce qui sera exigé de vous. »

Le mari inclina la tête.

« Nous sommes les pauvres du Christ, qui n'ont pas de domicile fixe et qui fuient de ville en ville comme des brebis parmi les loups. Nous sommes persécutés, comme les apôtres et les martyrs, bien que nous menions une vie très stricte et très sainte, persévérant jour et nuit dans le jeûne et l'abstinence, dans la prière et le travail, dans le seul but d'assurer notre subsistance. Persécutés parce que nous ne sommes pas de ce monde. Les faux apôtres, qui polluent la parole du Christ, qui n'ont d'objectif que leur propre intérêt, vous détourneront, vous et nos pères, du vrai chemin. Nous, et nos pères de descendance apostolique, avons continué dans la grâce de Dieu et y resterons jusqu'à la fin des temps. Pour nous distinguer, le Christ a dit : “C'est à leurs fruits que vous les reconnaîtrez.” Nos fruits consistent à suivre les traces du Christ. Pardonner les malfaisants, aimer nos ennemis, prier pour ceux qui calomnient et accusent, tendre l'autre joue à l'oppresseur, donner son manteau à celui qui n'a qu'une tunique, ne pas juger ni condamner. Allez-vous respecter ces règles ? »

Les yeux du vieil homme se remplirent de larmes.

« Elle a de la volonté et de la détermination. Priez Dieu pour qu'Il lui donne Sa force. »

La bonne réponse.

L'homme s'était bien préparé.

« Demandez-vous pardon pour tous ses péchés passés ? demanda la *Perfecti.*

– Par la grâce de Dieu, oui. »

Elle posa l'évangile sur la tête de la vieille femme, sa main droite sur le livre. Ensemble, elle et le mari, adorant le Père, le Fils et le Saint-Esprit, demandèrent à Dieu d'accueillir sa nouvelle servante et d'appeler le Saint-Esprit à descendre habiter le corps de la postulante.

« Répétez après moi, dit-elle. Père très saint, accueille ton serviteur dans ta justice et envoie sur lui ta grâce et ton Esprit saint. »

Le vieil homme prononça les mots.

Elle ouvrit son évangile à Jean 1:1.

Au commencement était la Parole, et la Parole était avec Dieu, et la Parole était Dieu. Elle était au commencement avec Dieu. Toutes choses ont été faites par elle ; et rien de ce qui a été fait n'a été fait sans elle. En elle était la vie, et la vie était la lumière des hommes. La lumière luit dans les ténèbres, et les ténèbres ne l'ont pas reçue.

Elle sourit à la vieille femme. Seul un *Perfecti* pouvait en accueillir un autre, ce qui signifiait que la lignée de l'un à l'autre, ininterrompue, remontait jusqu'à l'époque des apôtres et du Christ. C'était unique ! Et si beau. Elle se pencha et déposa le baiser de la paix sur une joue sèche.

« Tu es l'une des nôtres, à présent. »

Le mari s'agenouilla près du lit, tenant la main de sa femme. Il pleurait.

Elle se retira dans la pièce principale et se prépara à partir.

Mission accomplie.

9

L'avion de Bélancourt fit forte impression sur Cassiopée. C'était un des jets privés de sa flotte, tapissé du même cuir teinté caramel que celui de son bureau. L'avion était au rendez-vous à Lyon à huit heures du matin, comme convenu. Le voyage dans l'air doux et chaud avait duré moins d'une heure et, à l'atterrissage sur une petite piste près de Lavelanet, Bélancourt l'attendait.

« J'espère que le voyage a été agréable ? demanda-t-il.

– On ne peut plus. »

Il sourit.

« C'est l'un de nos meilleurs produits. Environ quarante millions d'euros, entièrement équipé. Dois-je vous en réserver un ? »

Sa tentative de séduction la fit sourire.

« Pourquoi pas deux ? »

Il rit.

« D'après ce que j'ai entendu dire, deux seraient tout à fait dans vos moyens. » Il lui fit signe de le suivre. « Ma voiture est là. »

Ils se dirigèrent vers une berline Mercedes noire. Il lui ouvrit la portière avant droite, puis alla se glisser derrière le volant. Elle s'étonna qu'il n'y ait pas de chauffeur, mais supposa que cette journée était placée sous le signe de la vie privée.

Elle connaissait bien l'ouest du département de l'Ariège, les terres qui jouxtent la frontière espagnole où les rivières descendent en cascade des contreforts pyrénéens, formant de magnifiques vallées. Elle aimait Foix, un bijou de petite ville, nichée entre deux de ces rivières, couronnée par un ancien château érigé en haut d'une colline. Les comtes de Foix régnaient jadis sur la région et, avec ceux de Toulouse et de Carcassonne, ils avaient défendu les cathares lors de la croisade des Albigeois. Simon de Montfort, qui menait la croisade du pape, avait juré de « faire fondre le rocher de Foix comme de la graisse et d'y faire griller son maître ». Il avait échoué. Quatre fois. Mais le bourg situé sous le château avait bel et bien été réduit en cendres.

« Alors, pourquoi m'avez-vous fait venir ici ? demanda-t-elle.

– Pour vous montrer quelque chose qui pourrait vous aider à mieux comprendre. L'expérience m'a appris qu'une démonstration est bien plus efficace qu'une explication.

– Êtes-vous toujours aussi énigmatique ?

– Je crains que oui. Mon éducation catholique, peut-être. Mais j'ai toujours pensé que lorsque notre curiosité et notre capacité de nous émerveiller sont sollicitées, nous sommes plus disposés à envisager le fantastique. Même ce qui nous paraît invraisemblable.

– C'est votre attaque sur mon entreprise familiale qui m'intéresse surtout. Et tout ça pour un livre d'heures plutôt insignifiant. Pas vraiment un trésor religieux de grande valeur. On peut encore en trouver des centaines comme lui.

– Ah, c'est là que vous vous trompez ! Un livre comme celui que vous avez trouvé, il n'y en a qu'un. »

Elle le savait, mais elle avançait doucement, prudemment, essayant d'étendre ses filets, dans l'espoir d'obtenir une ou deux informations. Mais puisqu'elle lui avait déjà permis d'imposer ses règles du jeu pour la journée, autant profiter du voyage. Elle devait bien admettre qu'elle était curieuse de savoir où cet homme voulait en venir.

« Les cathares vous sont-ils familiers ? » demanda-t-il.

Ils l'étaient, oui. Une secte religieuse médiévale qui croyait en la dualité. Ils affirmaient que Satan était le créateur du monde physique et que tous les êtres humains étaient piégés dans son univers maléfique, attendant la mort et l'ascension au paradis, où régnait le bon Dieu. Ils s'enorgueillissaient de sacrifices, menaient des vies ascétiques, renonçaient à la viande, au vin, aux possessions et même aux enfants. Tout cela pour se libérer des tentations du monde. Leur but ? Devenir si purs que, lorsqu'ils quittaient leur enveloppe mortelle, Dieu les accueille à bras ouverts.

Elle lui dit ce qu'elle en savait.

« L'idée qu'il y aurait deux Dieux, l'un bon, l'autre mauvais, a été une véritable claque pour l'Église catholique, dit-il. Le Dieu du Bien des cathares était le Dieu du Nouveau Testament, le créateur du monde spirituel. Pour eux, Satan, le Dieu du Mal, était celui de l'Ancien Testament. Pour un cathare, les esprits humains étaient des anges sans sexe, piégés dans le royaume matériel du Dieu du Mal. Ils étaient destinés à se réincarner, encore et encore, jusqu'à ce qu'ils atteignent le salut par le *consolamentum*, qui leur permettrait enfin de devenir des *Perfecti* et d'être en communion avec le Dieu du Bien. C'est pourquoi ils n'avaient pas peur de la mort. En fait, ils l'accueillaient puisque le monde physique ne signifiait rien pour eux. »

Elle avait connaissance de ce qui s'était passé. Combien avaient été massacrés ? Environ vingt mille au bas mot. Rien de moins qu'un génocide. Les événements du 21 juillet 1209 à Béziers semblaient emblématiques. La ville avait été assiégée et deux ordres avaient été donnés à ses habitants : aux catholiques de partir, et aux cathares de se rendre. Aucun des deux groupes n'ayant obéi, la ville était tombée le jour suivant, tous les bâtiments avaient été incendiés. Puis toute la population – hommes, femmes et enfants – avait été rassemblée. Lorsque ses hommes lui avaient demandé comment distinguer les cathares des catholiques, le chef des croisés s'était contenté de dire : « Tuez-les tous. Dieu reconnaîtra les siens. » Et c'est ce qu'ils avaient fait.

« Les cathares n'avaient aucune chance, précisa-t-il. Leurs ennemis étaient très motivés. D'abord parce qu'ils leur avaient promis le pardon de leurs péchés. Un sacré cadeau pour les croyants de l'époque. Et ensuite parce qu'ils leur avaient donné la possibilité de s'approprier des terres. La croisade était un bon moyen d'écraser les nobles locaux et d'étendre ainsi le domaine royal jusqu'aux Pyrénées. Mais cela rendait du même coup la papauté plus dépendante des rois de France, ce qui allait aboutir à l'exil du Vatican en Avignon. »

Exil qui avait duré près de quatre-vingts ans. Sept papes avaient régné depuis la France au XIVe siècle, sans jamais mettre les pieds au Vatican. Il avait fallu le grand concile œcuménique de 1417 pour mettre fin à la guerre civile.

La journée était radieuse et ils roulaient à travers une belle campagne.

« Je vais essayer de ne pas vous ennuyer avec trop de détails, dit-il. Mais sur les cathares, il y a certaines choses que j'aimerais que vous sachiez. »

C'était pour ça qu'elle était là, pour le faire parler.

« Je vous en prie, allez-y, n'hésitez pas.

– Je voulais vous dire que je suis désolé pour les contentieux que j'ai provoqués à l'encontre de certaines de vos entreprises. Je peux régler tout ça d'un simple coup de fil. Mais il fallait que j'attire votre attention, que vous compreniez pourquoi mon offre doit être prise au sérieux. »

Il prit un virage sur la route au bout duquel une vallée apparut, verdoyante, arborée, entourée de montagnes.

« Toutes ces terres appartenaient autrefois à des seigneurs cathares », dit-il.

Y compris, comme elle l'avait déjà supposé, l'endroit où ils se dirigeaient.

Le *castèl* de Montségur.

La montagne sûre.

Un pog calcaire, de mille deux cents mètres d'altitude, couronné par les ruines d'un château qui, au milieu du XIIIe siècle, devint un bastion cathare, occupé par des croyants passionnés, partageant une conviction commune.

C'était devenu la dernière redoute.

Bélancourt ralentit l'allure pour traverser le village de Montségur. Sept cents ans auparavant, d'autres cathares y avaient élu domicile. Une seule rue traversait le petit bourg, flanquée de boutiques à touristes, de cafés et d'auberges. Après la petite église, ils continuèrent sur une route bordée d'arbres et s'arrêtèrent environ dix minutes plus tard sur un parking de graviers. Elle sortit de la voiture et, sous un soleil déjà chaud, contempla la colline de verdure au premier plan, la montagne abrupte, couleur sable, au-dessus, et le haut rocher émergeant des arbres comme un os sorti de la chair, les remparts se détachant sur un ciel bleu céruléen.

« C'est toujours aussi impressionnant, lui dit-il. Après tant de siècles. »

Le parking était presque désert, le site bizarrement peu fréquenté pour un samedi.

« C'est un des derniers vestiges cathares, le plus significatif. Maintenant, c'est une attraction touristique. Êtes-vous déjà montée tout en haut ? »

Elle secoua la tête. C'était étrange, d'ailleurs, qu'elle ait visité tant d'endroits dans le monde, souvent peu connus, mais ne se soit jamais aventurée au sommet de celui-là, qui se trouvait pourtant si près de chez elle.

« La montée est un peu rude, dit-il. Les randonneurs en sont très friands. »

Elle avait du mal à le saisir. Il avait l'air tout à la fois en colère et nostalgique.

« Vous êtes prête ? demanda-t-il.

– On y va ?

– C'est pour ça qu'on est venus. Vous avez l'air en pleine forme. Ça ne devrait pas être un problème pour vous. »

Oui, elle faisait du jogging plusieurs fois par semaine et ne rechignait pas aux longues heures d'activité physique sur le chantier. Mais grimper un sentier de montagne escarpé serait bon pour ses mollets et mettrait à l'épreuve son aversion pour les cimes.

Elle le suivit donc jusqu'à une volée de marches grossièrement taillées dans la roche par lesquelles on attaquait l'ascension. Un panneau de bois en forme de croix occitane, semblable à celui du livre d'heures, les accueillit avec une description du site et des explications concernant le sentier. À côté, une stèle commémorative en pierre avait été érigée : le *Prats dels Crémats*, « le Champ des Brûlés ». Elle lut l'inscription : *Als catars, als martirs del pur amor crestian. 16 de març 1244.* « Aux cathares, martyrs du pur amour chrétien. 16 mars 1244. »

Terre sainte.

Sa curiosité fut piquée au vif. Bélancourt l'avait amenée ici pour une raison précise.

« Quand le château a capitulé, lui dit-il, les conditions de la reddition ont été fixées. Toutes les personnes enfermées dans le château ont été autorisées à partir, sauf celles qui ne voulaient pas renoncer à leur foi cathare. Bien entendu, aucune ne l'a abjurée. Une trêve de deux semaines a donc été déclarée pour que chacun puisse prendre le temps de se déterminer. Le jeûne et la prière les y aidèrent. Pendant cette période, un certain nombre d'entre eux décidèrent de rejoindre les rangs des *Perfecti.* Ils reçurent leur *consolamentum*, un baptême, portant le nombre total de cathares à environ deux cent cinq. Enfin, au jour indiqué sur le mémorial, le 16 mars, tous les habitants du château sont descendus ici et sont morts sur un immense bûcher. Ils sont allés droit dans les flammes, de leur propre chef.

– De vrais croyants, donc, dit-elle.

– Ou des fous. Difficile à dire.

– On se souvient encore de leur mort. »

Il hocha la tête.

« C'est vrai. Et ce n'est pas rien.

– Pourquoi sommes-nous là ? demanda-t-elle encore.

– Je vous expliquerai ça quand nous serons au sommet. »

10

Cassiopée regardait où elle posait les pieds, veillant à ne pas perdre l'équilibre. Le sol meuble, caillouteux, était traître. Le chemin serpentait le long de la paroi rocheuse entre des bosquets de cyprès et de pins parfumés par l'air printanier. Le vent soufflait de plus en plus fort à mesure qu'ils montaient. Des belvédères avaient été aménagés en certains endroits sur le sentier et, l'un d'eux offrant une vue panoramique sur les forêts en contrebas, ils s'y attardèrent. Au-dessus d'eux, le château se profilait, redoutable, peu accueillant. Presque menaçant. Le caractère massif et l'élévation du pog avaient certainement été la meilleure des défenses. Venir avec une armée entièrement équipée ici aurait été presque impossible. Pas étonnant que la tactique du siège ait prévalu.

Bélancourt resta silencieux pendant l'ascension. De toute façon, elle se méfiait encore de chacune de ses paroles. Elle n'était ici que par nécessité, ayant résolu que c'était en le calmant qu'elle parviendrait à réduire la pression qu'il exerçait sur l'entreprise familiale. Son ardente obligation à l'égard de ses dix mille salariés était de protéger leur emploi, de même qu'elle devait à ses parents d'assurer la pérennité du groupe. Enfin, elle devait aux historiens de préserver l'accès au livre qu'elle avait découvert.

Il leur fallut environ quarante-cinq minutes pour atteindre leur destination. Ses jambes avaient bien supporté l'effort. Le château lui-même était d'une grande simplicité dans sa conception. Une seule poterne, un donjon massif, des murs d'enceinte renforcés par de la roche calcaire, une longue cour centrale. L'ensemble était glacial, presque spectral.

« Ce n'est pas la forteresse cathare d'origine, dit-il. Tous ceux qui viennent ici le croient. Remarquez, les habitants et les guides ne cherchent pas vraiment à les en dissuader. Il s'agit d'une fortification française du XVIIe siècle qui a été détruite pendant une guerre. Le château cathare, lui, avait été rasé après la capitulation. »

Il la conduisit vers une ouverture dans le mur d'enceinte. Le vent les fouettait sans pitié, les poussant comme s'il était en colère. Les nuages épars au-dessus de leurs têtes projetaient des ombres sur les ruines. L'intérieur, où le vent n'entrait plus, donnait un sentiment de protection, mais aussi d'isolement car on ne voyait rien au-delà des murs. Quelques autres visiteurs avaient osé l'ascension et appréciaient l'atmosphère du lieu.

« Est-ce que vous allez enfin me dire pourquoi vous m'avez amenée ici ? demanda-t-elle.

– Je suis à la recherche d'un trésor. »

Pourquoi n'était-elle pas surprise ?

« De l'or, des bijoux ? »

Il sourit.

« Il y a une spéculation sans fin sur ce trésor en particulier. L'or et les bijoux ne sont que deux des possibilités. »

Là, il avait réussi à piquer sa curiosité.

« La culture populaire, surtout dans les livres – qu'ils soient confidentiels ou best-sellers mondiaux –, a donné toutes sortes d'explications à ce que pourrait être le trésor cathare, dit-il. Beaucoup pensent qu'il s'agit du Saint Graal. Mais c'est absurde. Les cathares se moquaient royalement de la coupe du Christ. » Il fit une pause. « Ce ne sont que de belles histoires que les touristes adorent entendre. Les croyants les plus mystiques pensent que le trésor était un texte qui expliquait un secret alchimique permettant de transformer les instincts humains les plus bas en une bonté pure et sainte. Le genre de texte qui apporterait l'illumination spirituelle aux hommes pour l'éternité. Ça semble merveilleux, n'est-ce pas ? »

Ça l'était.

« Mais c'est tout aussi insensé, dit-il. Suivez-moi. »

Par une ouverture aménagée dans le mur, il la conduisit hors de l'espace clos des ruines. Ils se retrouvèrent au bord d'un précipice à contempler, au-delà de la vallée vert émeraude, les contreforts des Pyrénées à l'horizon. Des taches de lumière balayaient les collines. Au-dessus d'eux, un rapace chevauchait les courants chauds. Le vent lui cinglait les cheveux. Elle aurait voulu étendre ses bras et le chevaucher elle aussi. En apesanteur. Libérée du fardeau d'être attachée à la terre. Alors que l'autre versant du pog était accessible, celui-ci descendait à pic sur plus de mille mètres. Sujette au vertige, elle essayait d'éviter les hauteurs, mais avait fini par les considérer comme un défi. Elle n'aimait guère l'avion ou l'hélicoptère. Encore moins les gratte-ciel. Ici, elle se trouvait sur un terrain solide, ce qui l'aidait, mais elle préféra ne pas s'aventurer trop près du bord. Bizarrement, aucun garde-corps n'avait été dressé pour empêcher qu'on s'en approche. Il aurait été facile de sauter.

« Une sacrée vue, n'est-ce pas ? » dit-il.

Oui, spectaculaire.

L'altitude et la vue semblaient donner de l'énergie à Bélancourt. Son visage était plus animé qu'elle ne l'avait jamais vu.

« Il y a une façon plus rationnelle d'aborder cette histoire de trésor », poursuivit-il.

Elle se débarrassa de son sac à dos et en sortit deux bouteilles d'eau. Tous deux burent de longues gorgées.

« C'était une forteresse quasiment imprenable, reprit-il. Le bâtiment d'origine s'élevait sur trois niveaux. La zone autour de la cour centrale, où nous nous trouvions, abritait des ateliers, des entrepôts, des écuries pour les chevaux et les mules. Les habitants d'ici ont pu tenir pendant dix mois de siège contre une armée entière de croisés stationnée en contrebas. Avec votre connaissance de l'architecture médiévale, pouvez-vous visualiser à quoi cela pouvait ressembler il y a plusieurs siècles ? »

Son cerveau avait déjà fait le travail.

« Il aurait fallu des années pour construire une forteresse en pierre aussi haute, compte tenu du chemin que nous venons de parcourir. La roche aurait été taillée dans le sol, puis amenée ici pour être mise en place. Si cela a été assez difficile au XVIIe siècle, lorsque cette version a été érigée, les difficultés au XIIIe siècle devaient être quasi insurmontables. C'était assez étonnant qu'il en soit resté quelque chose.

– Oui, mais aussi et surtout que l'endroit garde encore ses secrets », répondit Bélancourt. D'un geste ample, il désigna le panorama. « Les croisés occupaient l'autre côté de la colline. Leurs armées progressaient toutes sur l'unique chemin conduisant à la forteresse. C'était le seul accès. Ici, de ce côté, où il n'y a rien d'autre qu'une paroi abrupte, il n'y avait pas de sentinelles. Juste quelques troupes dans les bois en contrebas pour surveiller le campement. Cette information nous vient des récits des croisés qui ont survécu. Je vous ai dit qu'il y avait eu une accalmie de deux semaines entre la reddition et le moment où les cathares étaient descendus pour mourir. C'est à ce moment-là que ça s'est produit. »

Elle attendit.

Puis elle écouta.

11

Arnaut s'agenouilla sous la lumière vacillante des torches, les traits tirés de fatigue, les yeux brillant d'un éclat particulier à l'idée de ce qui l'attendait. Le conseil des anciens demeurait silencieux, assis en cercle sur le sol dur, se laissant porter par la méditation comme s'il s'agissait d'un seul et même esprit. Lui inclina la tête et se mit en prière.

« Tu es Arnaut, dit le supérieur des Perfecti. *Qui aime le vent, et poursuit le lièvre avec le bœuf, et nage contre le courant. »*

Il aima cette description.

« Tu as été choisi, dit le vieil homme. Maintenant, l'heure est venue pour toi de partir. »

Il redressa la tête mais resta à genoux. Les autres hommes se levèrent et se rassemblèrent autour de lui. Il avait vécu toute sa vie dans les montagnes, il en connaissait les forêts, les tunnels glaciaires et les grottes mieux que quiconque. Il était aussi totalement digne de confiance et dévoué à sa foi, ce qui faisait de lui le choix idéal.

Il avait été un des premiers à s'installer sur le pog de Montségur. Un lieu où être libre, en sécurité et méditer loin des papistes. Un nid d'aigle d'où l'on pouvait voir un ennemi approcher de partout. Le seigneur de Foix lui-même leur avait permis de fortifier le mont avec une citadelle et de construire un village en dessous. Ils étaient sous sa protection, ce qui avait provoqué la colère des croisés, lesquels avaient brûlé Foix, ne laissant pas pierre sur pierre. Une armée campait en contrebas à présent, des soldats occupaient la colline jusqu'à la forteresse, tout le site était assiégé.

« Nous finirons par descendre, dit le supérieur des Perfecti. *Nous avons tous décidé de quitter ce monde. Mais pas tout de suite. Nous te laisserons le temps d'accomplir ta mission.*

– Je préférerais me joindre à vous et aux autres. »

Et il le pensait vraiment.

« Impossible. Tu dois réussir, c'est important pour nous tous. »

Il aurait voulu argumenter mais il savait que ce serait inutile. La décision avait été prise et elle était irrévocable.

Le vieil homme se dirigea vers une brèche dans le mur de pierre, souleva un petit coffret en or et s'approcha d'Arnaut. Deux autres Perfecti *s'avancèrent et lui attachèrent le coffret en travers de la poitrine, bien serré, comme on attache une charge sur le dos d'un étalon de confiance.*

Et c'est ainsi qu'il le ressentit.

Le supérieur se tint au-dessus de lui et lui donna sa bénédiction. Puis il dit :

« Tu te souviens de toutes les instructions qui t'ont été données ? »

Il fit oui de la tête.

« Exécute-les, à la lettre. »

Un autre signe de tête.

On l'aida à se relever. Un autre Perfecti *lui donna une cape et une sacoche pleine de provisions qui furent également fixées sur lui. Puis on éteignit les torches et on le conduisit de la forteresse à la paroi ouest du mont. En contrebas, un abîme noir, constellé de pics déchiquetés assez tranchants pour percer les poumons d'un homme. Une corde avait déjà été attachée qui retombait jusqu'à un endroit, plus bas, d'où il pourrait poursuivre à pied sur les rochers. L'air était vif, la nuit froide sur son visage et ses mains nues. En plein jour, la descente serait difficile. Mais en pleine nuit ? Allait-il y parvenir ?*

Le supérieur des Perfecti *s'approcha dans l'obscurité et lui murmura une dernière recommandation à l'oreille. Puis il déposa le baiser de la paix sur son front.*

« Que Dieu soit avec toi.

– Et avec toi aussi.

– Pour nous, les dés sont jetés. Pas pour toi. »

Il réussit à atteindre la vallée.

Par la grâce de Dieu.

La descente prit plus de temps qu'il ne s'y attendait. La lune était haute dans le ciel quand il l'entama, quoique beaucoup plus à l'ouest à présent. L'aube n'était pas loin, mais la nuit l'enveloppait encore. Il était descendu doucement le long de la paroi. Les premières manifestations d'eau de fonte infiltrée rendaient sa progression encore plus périlleuse. La corde ne lui avait permis de faire qu'une partie du chemin. Le reste, il l'avait parcouru grâce à sa force et à sa détermination.

Il avait prié tout du long.

Deux fois, il avait glissé, envoyant des éboulis dans la nuit noire, ce qui aurait pu alerter l'une des patrouilles.

Heureusement, personne ne le remarqua.

Une dernière fois, il leva les yeux vers la forteresse. Invisible dans la nuit. Tous les gens qui comptaient pour lui y étaient encore. Les reverrait-il un jour ?

Deux semaines avaient passé.

Il avait réussi à s'éloigner de Montségur sans encombre. Sa capacité à s'orienter dans les bois, de nuit comme de jour, avec assurance et agilité, n'était pas sans compter dans les raisons pour lesquelles il avait été choisi. Il avait suivi à la lettre les instructions qui lui avaient été données. Sans déroger. Il s'était rendu au nord, à l'endroit que lui avaient désigné les Perfecti, *hors de portée des croisés, et y avait caché le coffret en or.*

Maintenant, il était de retour à Montségur.

Le soleil était levé depuis deux heures et le camp des croisés semblait bouillonner d'activité. Il était resté à l'endroit où ils avaient planté leurs tentes et dételé les chariots qui avaient amené leurs putains. D'en haut, nuit après nuit, il avait écouté le roulement de leurs tambours, les gémissements stridents de leurs flûtes, les avait entendus festoyer, boire et s'adonner à la débauche. Ils semblaient occupés aux mêmes activités, à présent. Il prit donc position à distance, derrière l'un des épais peupliers, d'où il pourrait les observer.

Remonter le pog jusqu'à la citadelle serait impossible, il le savait en la quittant.

Sa mission était sans retour.

Il aurait dû rester là où on l'avait envoyé.

Mais quelque chose l'avait poussé à revenir.

Sur un côté, une nouvelle structure avait été érigée qui n'était pas là deux semaines auparavant. Un grand bûcher. Surélevé, avec du bois empilé dessous, qui attendait qu'on y mette le feu. Curieusement, il était entouré d'une palissade avec une porte ouverte à l'avant. Une file de personnes émergeait sur le sentier qui sortait de la forêt au pied du pog. L'une derrière l'autre. Des hommes, des femmes, des enfants, marchant en procession, solennellement. L'un des soldats s'approcha du bûcher avec une torche et alluma le bois en dessous, qui s'enflamma vite en un brasier furieux dans l'air sec de cette fin d'hiver.

Et quand ils ont attrapé les âmes de mon peuple, ils ont donné vie à leurs âmes. Et ils m'ont violé parmi mon peuple, pour tuer les âmes qui ne devraient pas mourir et pour sauver les âmes vivantes qui ne devraient pas vivre.

Il finit de prononcer les mots sacrés et maudit le Dieu du Mal d'avoir voulu qu'il revienne pour voir ça. Mais il remercia le Dieu du Bien pour ce qui allait se passer.

La file des croyants s'arrêta devant la porte ouverte de l'enclos. Il les reconnut tous. Ils étaient descendus, comme l'avait dit le supérieur des Perfecti. *Le vieil homme conduisait la procession tête baissée, mains croisées à la taille.*

Deux hommes s'approchèrent du Perfecti, *il les reconnut tous les deux.*

Le gouverneur de Carcassonne et l'évêque de Narbonne.

Ils parlèrent au vieil homme, qui fit non de la tête, lentement. Puis ce dernier s'avança vers le bûcher et, sans hésiter, se jeta dans les flammes. Un à un, les autres secouèrent la tête et le suivirent. Arnaut savait ce qu'on leur demandait.

« Renoncez-vous à votre foi ? »

Aucun n'y renonça.

Une fois que tous furent à l'intérieur de l'enclos, on ferma la porte.

L'air se remplit d'une fumée noire partant en spirale. La puanteur de la chair brûlée, du sang, des entrailles et des cheveux lui emplit les narines. À la vue de ce qui se déroulait sous ses yeux, il tomba à genoux.

Le chagrin le submergea.

Il regarda le pog de Montségur et envisagea de rejoindre ses compatriotes, de prendre sa place comme une autre offrande brûlée à la citadelle désormais conquise. Mais les mots du Perfecti, *murmurés à son oreille avant qu'il descende du mont, résonnèrent dans sa tête.*

Va avec Dieu, mon fils. Sois sauf. Sois le témoin de notre mémoire afin que dans cinquante, cent ou cinq cents ans, on sache qui nous étions.

Cassiopée continua d'écouter Bélancourt qui termina son histoire.

« Comme je vous le disais en bas, deux cent cinq personnes sont mortes ce jour-là. C'est un fait. Mais l'histoire d'Arnaut ? C'est un sujet de controverse. Quelqu'un a-t-il vraiment réussi à s'enfuir du mont ? Et à emporter un trésor ? » Il haussa les épaules.

« C'est possible, mais ça n'aurait pas été un mince exploit ! »

Ils se tenaient toujours sur l'arête ouest, précisément là où le cathare Arnaut aurait entamé sa descente.

« Et que ce même cathare ait réussi à revenir deux semaines plus tard au moment précis de l'exécution massive ? ajouta-t-il. C'est assez improbable. Le plus vraisemblable est que le récit que je viens de vous faire est la combinaison de plusieurs histoires transmises de génération en génération, et non celui d'une seule personne.

– De qui tenez-vous cette histoire ? »

Il rit.

« De quelqu'un qui a de bonnes raisons de la connaître.

– C'est vague, dites-moi.

– J'en suis conscient. Mais restons-en là, pour le moment. Les cathares, en tout cas, n'ont guère prospéré après Montségur. L'Inquisition a continué de les pourchasser et de les torturer pour obtenir des aveux. Ils ont été brûlés sur des bûchers, leurs maisons et leurs terres saisies. Au XIVe siècle, ils avaient pratiquement disparu. Le dernier *Perfecti* connu, un homme répondant au nom de Guilhem Bélibaste, a été brûlé en 1321. Mais pas avant d'avoir dit quelque chose de tout à fait prophétique : *Al cap dels sèt cent ans, verdajara lo laurèl.* »

Le laurier refleurira dans sept cents ans.

« À l'époque où Bélibaste rôtissait, poursuivit-il, la croisade des Albigeois a permis à la France d'annexer le Languedoc, et toute la région passa sous le contrôle de Paris, l'Église catholique ayant à nouveau imposé sa loi.

– Qu'a-t-il voulu dire par "le laurier refleurira" ?

– Dans le christianisme, le laurier symbolise la résurrection. Je suppose qu'il voulait dire que les cathares se relèveraient. Je dois dire que je pensais que toute cette histoire n'était qu'un mythe. Mais elle pourrait bien se révéler vraie, vu le coffret en or et le livre que vous avez trouvés.

– D'où votre intérêt ? »

Il hocha la tête.

« Absolument.

– L'histoire dit qu'Arnaut est allé au nord de Montségur. Où exactement ? »

Il haussa les épaules.

« Personne ne le sait. Mais Givors est au nord. La forteresse qui s'y trouvait à l'époque a pu être sa destination. Elle se trouvait juste en dehors de ce qui était alors considéré comme le territoire cathare. Elle aurait donc été à l'abri des croisés. Tout ce que nous savons maintenant, c'est que le coffret était là, attendant que vous le découvriez.

– Donc le trésor, c'est le livre qu'on y a trouvé ? »

Il ne répondit pas. Il regardait au loin la forêt en contrebas, que le vent seul parcourait.

« Il y a encore des cathares, aujourd'hui, qui viennent ici faire des veillées, dit-il. Ils prétendent que l'esprit de leurs ancêtres imprègne encore ces pierres.

– Je pensais que le catharisme était mort.

– Il y a des convertis qui continuent de transmettre la bonne parole.

– En faites-vous partie ? »

Il fit non de la tête.

« Je suis un catholique romain pratiquant. Pour moi, un cathare est un hérétique. »

Un choix de mots intéressant au XXIe siècle.

« Vous approuvez donc le massacre ? »

Il fronça les sourcils.

« Où voulez-vous en venir ?

– Les hérétiques, on les brûlait.

– Il y a des siècles, oui. Plus maintenant. »

Cet homme n'aimait pas répondre aux questions. Alors elle réitéra la sienne :

« Pourquoi m'avoir amenée ici ?

– Je voulais que vous voyiez et ressentiez ce que cet homme a risqué jadis pour protéger ce trésor. Je crois que l'histoire d'Arnaut est véridique, et que le livre que vous avez trouvé contient la clé qui le prouve. C'est une carte. Ce que les cathares appelaient le *Camin de lutz*, le “Chemin de lumière”. Mais elle n'est déchiffrable que si vous savez quoi chercher.

– Et vous le savez ?

– Je connais quelqu'un qui le sait. »

Elle resta silencieuse.

Il lui fit face.

« Je veux que vous sachiez que je ne suis pas une espèce de chasseur de trésor. Il n'est pas question ici de gain matériel. Il s'agit d'une quête très personnelle. Je n'ai pas envie de vous en dire plus, ni à vous ni à qui que ce soit, d'ailleurs. Sachez seulement que cette découverte revêt une importance toute particulière pour moi. »

Elle sentit qu'il était sincère.

« Je respecte votre vie privée, vos motivations, dit-elle. En attendant, ma société est toujours sous le feu de vos attaques. »

Il resta silencieux.

Alors elle tenta autre chose :

« Je suppose aussi que c'est dans ce livre que se trouve dissimulé le chemin d'accès au trésor ? »

Il fit oui de la tête.

« Les anciens ont envoyé Arnaut sauver le livre d'heures, dans le coffret en or, pour le mettre en lieu sûr. Ils savaient où il serait caché. Arnaut le savait. Mais personne d'autre. » Il fit une pause. « J'espère que vous allez changer d'avis et me vendre le livre. Dans le cas contraire, je vous assure que ce que j'ai infligé jusqu'ici à Terra n'est rien à côté de ce qui vous attend. La situation de vos entreprises va s'aggraver. Et vous vous serez fait un ennemi. »

Un sourire méprisant se dessina sur ses lèvres.

« Un ennemi qui peut détruire aussi aisément qu'il construit. Je vous demande donc de bien réfléchir à la situation avant de repousser mon offre. »

12

La *Perfecti* était assise dans un café.

Elle avait quitté Toulouse au volant de sa voiture et fait environ une heure de route jusqu'à Mirepoix pour se vider la tête. Elle avait failli se faire prendre au château de Cassiopée Vitt. Mais c'était un risque à courir. Elle aurait dû affronter l'homme au sol et tenter de récupérer le livre, mais à un regard qu'il lui avait lancé, elle avait senti qu'elle n'aurait pas le dessus.

Mieux valait battre en retraite et se donner le temps de réfléchir.

D'élaborer un autre plan.

Mais lequel ?

Elle adorait Mirepoix. Un centre cathare, qui avait accueilli un groupe de *Perfecti* au XIIIe siècle.

Roger de Mirepoix, le seigneur de la ville, était un croyant. C'était ici que six cents cathares avaient tenu conseil et commandé la rédaction d'un grand manuscrit : *La Vertat.* La Vérité.

Ils avaient également demandé à un autre seigneur local s'ils pouvaient reconstruire la forteresse de Montségur, l'autorisation ayant conduit à sa construction, son occupation, puis sa capture et le sacrifice de ses habitants.

La ville n'avait pas perdu son atmosphère médiévale. Sa place principale était entourée d'arcades avec montants en bois affaissés et de maisons à colombages. La cathédrale Saint-Maurice avait été bâtie au XIVe siècle, après l'anéantissement des cathares, lorsque les papistes avaient repris le contrôle de la région. C'était l'un de ses endroits préférés en Ariège. Trois mille personnes y vivaient, dont quarante et un croyants.

Les fleurs s'épanouissaient partout dans les jardinières, les corbeilles et sur les treillages, l'air était parfumé de pollen. Elle s'était assise en terrasse près de la vieille maison des consuls, dont les poutres en bois soutenant la façade étaient sculptées de figurines aux visages grimaçants ou barbus, de griffons, de tortues. Elle déjeuna d'une sorte de cassoulet avec carottes et haricots. Normalement, c'était un plat dans lequel baignaient aussi des saucisses, mais elle n'avait pas mangé de viande depuis plus de vingt ans. Elle fixa son assiette et la vapeur qui s'en échappait, perdue dans ses pensées, ne sachant quelle conduite adopter.

Le vol avait échoué. D'ordinaire, elle aurait tout simplement attendu, puis réessayé. Mais la présence de Roland Bélancourt exigeait une autre approche, plus rapide. C'était *son* papiste. *Son* croisé, qui essayait de s'immiscer dans une affaire dans laquelle il n'avait aucune légitimité. Le monde ne semblait pas différent aujourd'hui de ce qu'il était il y a des siècles. La menace était toujours là. Le danger était partout. Les gens ne comprenaient pas : tout ce que les Bons souhaitaient, c'était vivre une vie sans contraintes, dédiée à la paix, se préparer à une mort définitive et à une libération bienvenue auprès du Dieu du Bien.

Les catholiques vénéraient l'Ancien Testament. Mais le Dieu de l'Ancien Testament n'était pas le Dieu du Bien ni le Dieu de la Lumière. Non, il était ignorant, cruel, sanguinaire et injuste. C'était le Dieu du Mal, des Ténèbres. Cette contradiction ne pouvait rester ignorée.

Les papistes ont de tous temps attaché beaucoup de prix aux choses matérielles. Il suffit de regarder leurs églises, leurs cathédrales. Les papes, les cardinaux, les évêques, même les prêtres ont toujours vécu dans le luxe. Ils ne connaissent d'autre dieu que l'argent et ont une bourse à la place du cœur. Il y a huit cents ans, ils étaient la risée de tous. Encore plus aujourd'hui, compte tenu des scandales qui ont secoué le clergé dans le monde entier. *Nul ne peut servir deux maîtres car ou il haïra l'un, et aimera l'autre ; ou il s'attachera à l'un, et méprisera l'autre* (Matthieu 6:24).

Les catholiques idolâtrent également les saints et vénèrent la croix. Matthieu l'a bien dit, là encore : *Gardez-vous des faux prophètes. Ils viennent à vous en vêtements de brebis, mais au-dedans ce sont des loups ravisseurs. Vous les reconnaîtrez à leurs fruits* (Matthieu 7:16).

Endurer une vie physique sur cette terre dominée par Satan était vraiment un enfer. Créer une autre vie, avoir un enfant, un fils ou une fille qui aurait à faire de même, semblait tout simplement cruel. Pourquoi condamner un innocent à une telle affliction ? Comme cela a été écrit il y a longtemps, et comme elle l'avait elle-même prêché : *Faites vœu de chasteté. Car les hommes et les femmes qui observent le mode de vie de cette secte ne sont pas corrompus par la débauche. C'est pourquoi celui ou celle qui se trouve souillé par la fornication, et convaincu par deux ou trois témoins, sera immédiatement expulsé du groupe ou, s'il se repent, réconcilié par l'imposition des mains, et un lourd fardeau de pénitence lui sera imposé en guise de réparation.*

Une relative clémence pour les âmes faibles.

Elle n'était pas mariée, n'avait jamais enfanté. Beaucoup de ses fidèles en étaient eux aussi venus à faire preuve d'une grande retenue en la matière. Les rapports sexuels étaient tolérés, tant qu'ils n'entraînaient pas de grossesse. Heureusement, la science fournissait désormais toutes sortes de moyens d'éviter cela. Certains bons, d'autres beaucoup moins. Il y a huit cents ans, seule l'abstinence était efficace à cent pour cent.

Elle aimait tous ses croyants. Aucun peuple n'avait jamais été aussi humble, ni plus assidu dans la prière ni plus constant sous la persécution. Aucun ne faisait autant d'efforts pour mener une bonne vie. Les Évangiles étaient leur seul guide. Leur célibat, leur austérité étaient ceux d'un idéal monastique.

Leurs critiques du clergé n'étaient pas plus sévères aujourd'hui ou à l'époque que celles d'autres puritains et réformateurs.

Pourtant, ils étaient les seuls à être condamnés à l'extinction.

Leur religion, qui était aussi ancienne que le catholicisme, remontait au prophète Mani, qui vivait en Perse au IIIe siècle. Ses enseignements s'étaient répandus de la Turquie à la Bulgarie, puis en Italie, et plus tard en Espagne et en France.

La *Perfecti* avait passé la majeure partie de sa vie à étudier le catharisme. Malheureusement, il ne restait que peu d'informations de première main car, en exterminant tous les croyants qu'ils pouvaient trouver, les papistes avaient aussi détruit tous les textes.

C'est pourquoi le livre d'heures revêtait une telle importance.

Il menait à La Vérité.

Il n'y avait aucun doute dans son esprit ; l'enfer était ici, sur terre. Le Dieu du Mal avait inscrit la souffrance dans chaque moment de la vie. Satan œuvrait à confiner toutes les âmes dans une prison terrestre. Mais le Dieu du Bien avait gratifié les êtres de la connaissance du ciel et de l'étincelle divine qui leur donnait la capacité de résister à Satan et de gagner une place dans Son royaume éternel. Lorsqu'un croyant mourait sans avoir reçu le *consolamentum*, l'âme, libérée mais non sauvée, était immédiatement attaquée par le monde physique. Désespérant d'échapper à cette souffrance, l'âme s'attachait à n'importe quel hôte, ou *enveloppe d'argile* qu'elle pouvait trouver, animal ou humain. Peu importait. Renaître signifiait disposer d'une nouvelle vie, meilleure, si possible. Bien faire, enfin. Mener la vie voulue par le Dieu du Bien et recevoir le *consolamentum*, gagner le droit d'être enfin libéré et de retrouver le paradis originel. Son travail, en tant que *Perfecti*, était de permettre à des êtres de connaître cette joie. La vieille femme qu'elle avait baptisée la veille avait peut-être déjà trouvé la lumière, son cycle de souffrances était arrivé à son terme.

Du moins l'espérait-elle.

Son heure viendrait aussi. Et elle accueillerait sa récompense éternelle. À la condition de rester attentive, bienveillante, vertueuse, et de continuer à penser comme une personne cernée d'ennemis.

Car elle l'était.

Quel meilleur moyen de terminer son cycle de vie dans ce monde physique que de rendre aux cathares ce qui leur était le plus précieux ? La Vérité.

Non, il n'y en avait pas de meilleur.

Elle revint à son cassoulet dont la vapeur s'était condensée, et porta une cuillère à sa bouche. Comment pouvait-elle atteindre un objectif aussi noble ?

La réponse se trouvait certainement dans la prière.

Le Dieu du Bien la lui fournirait.

13

Cassiopée termina son appel au siège de son entreprise. La situation juridique n'avait pas changé. La veille, juste avant de monter dans le jet de Bélancourt et de retourner à Givors, elle avait dit à ce dernier qu'il avait vingt-quatre heures pour mettre fin à ses manœuvres hostiles. Sinon, il n'y aurait plus de discussions possibles et elle se battrait par tous les moyens possibles pour repousser ses attaques. Dans la voiture, sur le chemin de Montségur, il avait proposé un compromis.

« Si vous décidez de ne pas vendre, pourriez-vous au moins envisager de me permettre d'examiner le livre sous votre supervision, et de prendre quelques photos ? »

Un compromis.

Mais elle lui avait réitéré son exigence préalable : il devait mettre fin à son chantage contractuel avant qu'elle puisse l'envisager.

Il était près de onze heures du matin et elle avait passé trois heures sur Internet à faire des recherches sur les cathares et leur supposé « trésor ». Elle n'avait trouvé que des allusions à de l'or, de l'argent, au Saint Graal ou à quelque autre conclusion ésotérique sans queue ni tête. Rien de concret, et Bélancourt avait refusé de lui en dire plus sur ce qu'il considérait être le trésor, se contentant de lui rappeler que le livre d'heures qu'elle avait trouvé devait l'y conduire. Malgré son arrogance et son hostilité, l'homme l'intriguait. Mais, comme Cotton avait coutume de le dire, « ne pas se précipiter tant qu'on ne connaît pas le terrain ».

Le livre était posé sur le bureau devant elle.

Des milliers de livres similaires avaient été produits entre le XIIIe et le XVIIIe siècle, dont beaucoup s'étaient retrouvés dans des bibliothèques ou des musées. En fait, il y avait alors plus de livres d'heures que de tout autre type. C'était le best-seller de l'époque. Il n'en existait pas deux pareils, bien que tous eussent un certain nombre d'oraisons en commun. Une série de prières, en huit sections, destinées à être dites toutes les trois heures. La pratique consistant à prier suivant un horaire rituel venait de l'office divin, une liturgie chantée dans les monastères où les moines se réunissaient pour prier selon un horaire quotidien très strict. Le livre d'heures permettait tout simplement au grand public de prendre part à ces pratiques. Certaines des plus grandes peintures de la fin du Moyen Âge et du début de la Renaissance ne se trouvaient pas sur les murs des églises ou des musées ; elles ornaient les pages de livres comme celui qui était devant elle.

Mais en quoi celui-ci était-il si singulier ?

Dans divers articles en ligne sur les cathares, un nom revenait sans cesse : Simone Forte.

Elle participait actuellement à des fouilles archéologiques près de Carcassonne. Forte était titulaire d'un doctorat et enseignait la théologie médiévale à l'université de Toulouse. Une recherche sur Google fit apparaître qu'elle était considérée comme l'une des principales autorités en matière de catharisme. De nombreux articles universitaires étaient disponibles. Une vérification sur le site web de l'université permit à Cassiopée de trouver une adresse électronique et un numéro de téléphone. Un rapide coup d'œil sur Amazon révéla que Simone Forte avait écrit trois livres, tous disponibles en format électronique. Elle les téléchargea. Deux d'entre eux étaient destinés à un public d'érudits. Le troisième visait plutôt le grand public. *La Tragédie cathare*, publié douze ans auparavant. Il n'était pas bien long : cent trente et une pages seulement. Elle le fit défiler sur l'écran jusqu'à la table des matières. Ses cinq sections traitaient de personnes, de lieux et d'événements liés aux cathares. Elle était sur le point de le parcourir quand elle tomba sur la page de dédicace.

À mon mari, Roland Bélancourt,
qui embellit le présent
et m'apporte le soutien nécessaire pour fouiller le passé.

Elle ouvrit une nouvelle fenêtre sur l'ordinateur portable et tapa aussitôt « Roland Bélancourt et Simone Forte » dans le moteur de recherche.

Elle n'obtint que quatre résultats.

Étrange, compte tenu de ce que Bélancourt était une personnalité publique, mais cohérent avec le fait qu'il protégeait jalousement sa vie privée. Lors de sa précédente recherche sur ce seul nom, il y a quelques jours, Cassiopée n'avait rien trouvé, sauf des références génériques à une ancienne épouse.

Elle ouvrit les quatre sites.

Trois semblaient être une répétition du quatrième, qu'elle lut dans son intégralité.

Deux paragraphes.

Forte et Bélancourt avaient été mariés onze ans, l'union avait été annulée par l'archevêque de Toulouse dix ans auparavant. Ils n'avaient pas eu d'enfant. Une annulation au lieu d'un divorce ? Intéressant. Mais peut-être était-ce que Bélancourt, un fervent catholique, comme le notait l'article, n'avait pas voulu risquer l'excommunication, le divorce étant toujours mal vu par l'Église. Un commentaire sarcastique faisait allusion au fait que les annulations n'étaient traditionnellement accordées que pour les unions non consommées ; elles étaient également accessibles aux catholiques les plus riches qui pouvaient se permettre de les négocier avec le Vatican.

Cassiopée avait tout d'abord eu l'intention d'envoyer un e-mail au Pr Forte pour lui demander si l'aider à décrypter le livre d'heures pourrait l'intéresser.

Mais à présent, il lui fallait impérativement parler à cette femme. Elle prit son téléphone portable et composa le numéro de l'université. Son appel fut transféré au département des sciences humaines, au bureau de Forte. Elle eut la surprise d'avoir une réponse, vu qu'on était un dimanche, et un jeune assistant très serviable lui expliqua que la professeure n'était pas sur le campus aujourd'hui, qu'elle n'y serait pas non plus la semaine prochaine.

« Elle est à Carcassonne. À l'hôtel de la Cité. »

14

L'aéroport de Carcassonne se trouvait à l'ouest de la ville, une plate-forme animée, nota Cassiopée, avec des vols annoncés aujourd'hui en provenance d'Irlande, d'Angleterre, d'Écosse et de plusieurs villes françaises. Tout de suite après son appel au bureau de Simone Forte, elle avait affrété un avion au départ de Lyon qui l'avait transportée à trois cents kilomètres au sud en une heure à peine. Ayant atterri à quatorze heures, elle s'était dirigée vers la ville en véhicule de location.

La cité de Carcassonne était l'une des dernières villes fortifiées au monde, perchée à l'endroit où l'Aude prend un virage serré en direction de la mer. Ses remparts étaient composés de deux murs concentriques surmontés d'un chemin de ronde, protégés par des merlons et des créneaux, le tout flanqué de tours défensives. À l'intérieur de cette enceinte, le château des comtes, renforcé par un fossé profond, était une citadelle dans la citadelle.

L'atmosphère médiévale de la ville avait été soigneusement entretenue avec ses rues étroites et sinueuses, ses façades à colombages et ses petites places ouvertes qui s'étaient formées autour de puits autrefois actifs. Une ville basse à l'extérieur des murs s'était inféodée à la modernité, mais à l'intérieur, c'était le vieux monde, fort d'environ sept cents habitants, qui attirait des centaines de milliers de visiteurs chaque année. Un site du patrimoine mondial. L'appellation fit sourire Cassiopée qui savait les problèmes que Cotton avait causés à plusieurs de ces sites dans le monde. Elle se demanda ce qu'il faisait. Elle devrait l'appeler. Mais chaque chose en son temps. Il lui fallait d'abord s'entretenir avec Simone Forte.

L'hôtel de la Cité avait la réputation d'être le meilleur de la ville. Il occupait l'ancien palais épiscopal néogothique, adjacent à la basilique, et offrait un hébergement cinq étoiles. Elle y avait séjourné deux fois. À l'accueil, on lui indiqua que l'universitaire se trouvait à l'autre bout de la ville, ce qui ne serait pas un bien long trajet, vu que celle-ci formait un ovale irrégulier, courbé au nord, pointu au sud, de cinq cents mètres de long et d'environ la moitié de large.

Cassiopée quitta l'hôtel et se fraya un chemin par les rues pavées.

La ville remontait au premier siècle, la région étant alors une lointaine colonie romaine. Charlemagne l'avait envahie sept cents ans plus tard et en avait pris le contrôle. Pendant la croisade des Albigeois, elle avait été reprise par Simon de Montfort, qui avait fini par ériger les murs extérieurs et lui avait donné son aspect reconnaissable entre tous. Au cours du XIXe siècle, Eugène Viollet-le-Duc, l'un des fondateurs de la conservation patrimoniale et historique et héros de Cassiopée, avait entrepris un immense projet de restauration. Elle lui avait ainsi consacré son mémoire de maîtrise, se concentrant sur la préservation de l'architecture médiévale sans accorder plus d'importance à son caractère de foyer de l'hérésie cathare.

Mais il en allait tout autrement aujourd'hui.

L'endroit était envahi de touristes. C'était un dimanche chargé. Les échoppes, dont beaucoup occupaient les niches où se vendaient autrefois les produits de première nécessité, proposaient désormais des souvenirs. Cassiopée trouva le musée de l'Inquisition à proximité du mur d'enceinte. Il était indiqué en lettres d'or sur une bannière rouge fixée au mur de façade au-dessus d'un auvent. Un mannequin en habit médiéval renforçait le côté kitsch du musée local de la Torture.

Elle entra et se présenta, annonçant qu'elle souhaitait parler à Simone Forte. Un jeune homme la pria d'attendre et disparut derrière un rideau qui marquait l'entrée de l'exposition. Quelques instants plus tard, une femme mince, la cinquantaine, aux beaux yeux verts et au visage peu marqué, apparut. Ses cheveux blonds étaient relevés en chignon et une paire de lunettes à double foyer était posée sur le bout de son nez. Elle portait un tailleur-pantalon noir coûteux et un chemisier blanc impeccable. Cassiopée, qui reconnut le visage de la photo dans les livres, se présenta.

La femme serra énergiquement la main qu'elle lui tendait.

« C'est un plaisir de faire votre connaissance, mademoiselle Vitt. J'admire votre projet de restauration depuis longtemps. »

Elle était surprise que Simone Forte ait aussitôt fait le lien.

« Je vous en sais gré. Vous devriez venir le voir un jour.

– J'en serais ravie. »

La voix était aussi douce que du miel, et elle parlait sur un ton égal, ce qui n'était pas rare chez les universitaires. Mais c'était aussi un signe de professionnalisme.

« Y a-t-il un endroit où nous pourrions parler en privé ? demanda Cassiopée. Je suis venue vous montrer quelque chose.

– Eh bien, voilà qui m'a l'air bien mystérieux ! Mais, oui, venez. J'utilise une pièce ici comme laboratoire de terrain. Je travaille avec des archéologues qui fouillent non loin de là. Le propriétaire de ce musée est un ami et il m'a offert cet espace. »

Cassiopée suivit la femme dans le musée.

Quelques visiteurs déambulaient à l'intérieur.

« Malgré le côté touristique, dit Forte, les expositions sont assez authentiques. Les mannequins laissent un peu à désirer, mais les dioramas sont très réalistes. »

L'endroit n'était pas sans évoquer un musée de cire, mais avec des touches macabres, comme ce qui lui sembla être des taches de sang séché au sol d'une pièce, et des entrailles dans une autre. Elle vit aussi une chaise de Judas faite de clous qui, selon un panneau, était surtout utilisée pour les sorcières. Une cage de fer pendait du plafond, dans laquelle les prisonniers étaient enfermés nus et exposés aux éléments jusqu'à ce que mort s'ensuive. Un chevalet et une roue, l'un destiné à disloquer les membres, l'autre à briser les os, lui donnèrent des frissons. Dans une longue galerie voûtée se trouvaient des haches, des ceintures de chasteté et de vieux instruments médicaux très inquiétants. Tout au bout, dans un passage voûté, elles arrivèrent à une porte en chêne.

« Nous y sommes », dit Forte, en y insérant une clé squelette.

Elles pénétrèrent dans une pièce carrée dont la fenêtre donnait sur l'extérieur. Le musée lui-même était si peu éclairé qu'il leur fallut un moment pour habituer leurs yeux à la lumière qui l'inondait. Une table rectangulaire en bois brut prenait tout l'espace. Un bloc de pierre taillée y reposait

« Mon atelier », dit Simone Forte.

Cassiopée admira le bloc de pierre sur la table.

« Est-ce cathare ? »

La professeure hocha la tête.

« Je pense, oui. Elle a été trouvée lors d'une fouille non loin d'ici. »

Le bloc de pierre faisait environ un mètre de long et la moitié de large. Sur sa face, on voyait clairement l'image d'une colombe, sculptée de part en part.

« Elle pourrait provenir de Montségur, déclara Simone Forte. Nous savons par d'autres récits que le site a été pillé après la reddition des cathares et que la citadelle a été rasée. On voit souvent des sculptures de ce style dans la région. La colombe était le symbole le plus répandu chez les cathares. »

Cassiopée sortit son téléphone de son sac et fit apparaître plusieurs photos du livre d'heures qu'elle avait prises plus tôt. Certaines de la couverture, d'autres de l'intérieur, d'autres encore du coffret lui-même.

« J'ai quelque chose d'autre qui pourrait être cathare. Ceci a été trouvé sur mon site de construction il y a six jours. »

Elle tendit le téléphone à Forte.

La professeure étudia chacun des clichés avec attention, puis demanda :

« Combien de pages contient le livre ?

– Soixante-treize, toutes illustrées. »

Avec deux doigts, Forte agrandit les images pour les grossir au maximum et les étudia à nouveau.

Cassiopée l'observa, notant l'attention avec laquelle elle examinait chaque photo.

Forte lui rendit le téléphone.

« C'est une trouvaille exceptionnelle.

– En quoi l'est-elle ?

– Où est le livre ? »

Ce n'était pas une réponse à sa question.

« Chez moi, en lieu sûr. Nous avons eu une tentative de vol, et un collectionneur privé me presse de le lui vendre ou de lui permettre de l'examiner.

– Puis-je savoir de qui il s'agit ?

– Votre ex-mari. »

Une onde de choc parcourut le visage de Forte.

« Roland ? »

Elle hocha la tête.

« C'est l'autre raison pour laquelle je suis venue vous voir. Non seulement vous êtes une experte renommée, mais vous le connaissez. J'espérais que vous seriez en mesure de me dire pourquoi il s'y intéresse tant. Il affirme que ce livre pourrait bien donner accès à un trésor cathare. Le Chemin de lumière.

– Vous avez vu Roland ?

– Deux fois. »

Forte alla se positionner de l'autre côté de la table, face à elle. Le bloc de pierre et la colombe se trouvaient entre elles.

« Mademoiselle Vitt…

– Cassiopée. Je vous en prie.

– Très bien. Moi, c'est Simone. »

Elle acquiesça d'un signe de tête.

« Mon ex-mari est un homme très complexe. Lui et moi avons été très peu en contact au cours des dix dernières années. Nous n'avons plus rien eu à nous dire quand notre mariage a pris fin.

– Je suis étonnée qu'un mariage ayant duré onze ans ait pu être annulé.

– Je comprends. Mais la raison en est très personnelle et n'a rien à voir avec vous ou votre livre. »

Elle accepta le reproche avec grâce. Elle avait voulu voir jusqu'où elle pouvait aller. Pas bien loin, apparemment.

« Désolée. Mais je suis en pleine investigation, et ça me rend parfois un peu trop indiscrète.

– Je comprends très bien. D'autant que si vous avez consulté Roland deux fois, vous devez savoir qu'on peut sortir très frustré d'un entretien avec lui. »

C'est le moins qu'on puisse dire.

« Je vous ai observée pendant que vous étudiiez les photos. Ce livre vous a parlé. Il signifie quelque chose pour vous. »

Simone acquiesça.

« En tant qu'universitaire ayant consacré la majeure partie de ma vie à étudier les religions anciennes, dont celle des cathares, ce que vous avez trouvé pourrait se révéler d'un intérêt capital sur le plan historique. »

Elle attendit la suite.

« Vous a-t-il raconté l'histoire d'Arnaut ?

– Oui. À Montségur, tout en haut.

– Je vois qu'il n'a pas changé. Toujours son goût pour le dramatique. Mais l'histoire n'en a probablement été que plus vivante.

– Suffisamment en tout cas pour que je pousse plus avant mes recherches, qui m'ont conduite à vous.

– La légende veut qu'Arnaut ait été envoyé loin de Montségur, juste avant la capitulation de la citadelle, pour une mission spéciale. C'est là que s'étaient retrouvés les derniers *Perfecti*. Tous les grands esprits cathares. Ils avaient tous escaladé le pog puis s'étaient réfugiés à l'intérieur du château. Leur dernier acte fut de mettre leur objet le plus sacré en lieu sûr.

– Qui n'avait rien à voir avec l'argent.

– Rien, en effet. Il s'agissait de *La Vertat*, La Vérité. Un manuscrit qui contenait toute la mémoire cathare. Leur Bible, en quelque sorte. La seule synthèse écrite des croyances de leur religion. Quand ils ont compris qu'ils ne sortiraient pas vivants de Montségur, ils ont créé ou modifié un livre d'heures. Un livre avec une rose sur la couverture et de nombreux symboles à l'intérieur. Le tout écrit en occitan. Ils l'ont appelé le *Camin de lutz*, le “Chemin de lumière”. » Simone désigna le téléphone portable. « Ce livre-là.

– Bélancourt a refusé de me dire quoi que ce soit sur le trésor, seulement que sa découverte représentait beaucoup pour lui. Ce Chemin de lumière, c'est important ?

– Les derniers *Perfecti* savaient que leur fin était proche. Les croisés avaient gagné. Ils étaient donc sur le point de disparaître. Ils voulaient que leur religion puisse leur survivre. Qu'elle ne meure pas, ou qu'elle ne soit pas oubliée. C'est pourquoi ils ont caché *La Vertat.* Il existe de nombreuses versions de la Bible chrétienne, imprimées et traduites par une multitude de gens au cours des siècles. Mais pour les cathares, il n'y en a qu'une, il n'en existe pas de copie. La Vérité. Le livre d'heures est censé montrer le chemin qui mène à cette vérité. »

Simone Forte semblait intelligente, directe et sincèrement intriguée. De plus, elle connaissait Roland Bélancourt mieux que quiconque. *L'ennemi de mon ennemi est mon ami.* Absolument.

« Aimeriez-vous examiner le livre ? » lui demanda Cassiopée.

Le visage de la femme s'éclaira.

« Ah, ce serait merveilleux ! »

Elle avait besoin de réponses et cette source semblait être le moyen le plus rapide d'en obtenir.

« J'ai toujours pensé que le *Camin de lutz* était un mythe, dit Simone. Une histoire. Une légende. Qu'il n'y avait pas de Chemin de lumière. Ce qui signifiait qu'il n'y avait pas de *Vertat* non plus. Mais ce que vous avez trouvé semble suggérer le contraire. Cette Bible cathare était peut-être bien là quelque part, attendant d'être découverte.

– La légende réserve-t-elle d'autres surprises ?

– Pas grand-chose. On dit que les cathares ont bien caché La Vérité. Ils ne voulaient pas que les croisés s'en emparent. Personne n'a la moindre idée de l'endroit où elle pourrait se trouver. Je connais quelques érudits qui ont cherché un temps, puis qui ont abandonné. Il n'y a qu'un seul autre indice qui ait traversé les siècles. »

Elle attendit.

« *Le menarà al lac del saber.* »

Elle traduisit de l'occitan.

« La rose mènera au lac de la connaissance. »

15

Postée sur les remparts de Carcassonne, la *Perfecti* vit Cassiopée Vitt sortir du parking. Elle l'avait suivie depuis le musée de l'Inquisition, s'imaginant à côté d'elle dans sa voiture, insistant pour qu'elle lui donne le manuscrit enluminé. Le tenir, l'étudier, puis suivre la piste – le Chemin de lumière –, déchiffrer ce qui avait été dissimulé dans les illustrations et trouver La Vérité. Être ici, à Carcassonne, lui faisait toujours penser au passé. Le contraire eût été difficile, compte tenu de l'ambiance. Pourquoi sa religion avait-elle menacé tant de gens ? Pourquoi avait-il été nécessaire d'exterminer un peuple aussi pacifique ?

Lumière et ténèbres s'affrontent au cœur de toutes les spiritualités. C'est aussi vrai chez les catholiques que chez les protestants, les musulmans, les hindous et les bouddhistes. Même chez les païens. Les cathares n'étaient pas différents, qui s'efforçaient de se libérer d'eux-mêmes et de tout axer sur leur foi.

Le mal pouvait temporairement triompher, mais la sainteté s'imposait toujours.

C'est aussi l'histoire de la croisade des Albigeois.

Le mal avait gagné pendant un temps, mais ils l'avaient payé cher.

Cette sauvagerie avait fait énormément de tort à la papauté désormais considérablement affaiblie face au pouvoir des rois qui, lui, s'était renforcé. La répression fanatique des autres chrétiens avait eu des conséquences, car si les cathares avaient pu être réduits au silence, pourquoi pas tous les autres ? Appeler à une nouvelle croisade pour attaquer les Francs ? Ou les Espagnols ? Ou les Anglais ? Tous ceux qui n'étaient pas d'accord avec Rome ? Cette crainte était fondée et les puissances séculières avaient dès lors entrepris de dominer Rome et de tenir son pape en lisière.

Et elles y étaient parvenues.

Pendant une longue période.

La *Perfecti* continua d'observer Cassiopée Vitt jusqu'à ce que sa voiture disparaisse après un virage. Puis elle descendit des remparts et se dirigea vers le château du comte, passant devant une suite de boutiques et de cafés remplis de touristes. L'héritage de Carcassonne remontait à l'aube de l'histoire. Toujours alanguie. Imprenable, sauf par deux ennemies : la trahison et la famine, toutes deux ayant fait des ravages.

Elle trouva le château fort, avec ses six tours intégrées aux murs d'enceinte, passa le pont-levis, paya le droit d'entrée, puis monta un escalier en colimaçon qui permettait d'accéder au sommet d'une des tours où peu de touristes s'aventuraient. Des ouvertures donnaient sur la ville basse, avec ses rues pavées disposées à angle droit, plates comme un damier, à l'instar de mille autres communes de France. Aucun bruit ne venant d'en bas, elle était seule avec ses pensées. Elle s'absorba dans la contemplation du panorama de la vallée et de ce fleuve boueux qu'est l'Aude. Sous un ciel tacheté de nuages, la beauté était partout où se posait le regard.

Le message des cathares serait reçu aujourd'hui.

Elle en était convaincue.

« Le laurier refleurira dans sept cents ans. » C'est ce qu'avait dit le grand Guilhem Bélibaste en 1321, juste avant de périr sur le bûcher. Ce temps était-il venu ? Peut-être. Miraculeusement, le livre d'heures avait été exhumé. Le destin ? Un signe ? Une coïncidence ?

Difficile à dire.

Carcassonne était jadis un formidable bastion cathare. Finalement, en 1209, les croisés l'assiégèrent, forçant les gens en quête de sécurité à s'y entasser. Ils étaient bien trop nombreux. L'approvisionnement en eau se révéla insuffisant compte tenu de cet afflux de population et d'un été particulièrement chaud, si bien que des décisions difficiles s'imposèrent. Personne, cathare ou croisé, ne voulait détruire la ville. Mais ses défenseurs ne pouvaient pas tenir, si bien qu'un marché leur fut proposé. Si les habitants se rendaient, toutes les vies seraient épargnées, à condition que les gens en sortent vêtus de leur chemise et de leurs grègues, ne portant rien d'autre, comme on l'a dit, *que leurs péchés.*

Et c'est ce qui se produisit.

Quel déshonneur !

À deux cents kilomètres de là, à Marmande, l'issue fut tout autre. Dix ans s'étaient écoulés depuis la chute de Carcassonne et les croisés avaient perfectionné leur politique de terreur. Aucun marché ne fut proposé. Cinq mille personnes périrent après la prise de la ville. Hommes, femmes, enfants. Seigneurs, dames, paysans. Tous nus, chairs ensanglantées, cervelles, troncs, membres et visages déchiquetés. Poumons, foies et entrailles furent jetés sur le sol, comme s'ils étaient tombés du ciel, et abandonnés aux animaux. Les marais et la terre sèche étaient rouges de sang. Il ne resta aucun survivant, la ville fut rasée et incendiée.

Et ce ne fut qu'un cas parmi d'autres.

La *Perfecti* avait passé la moitié de sa vie à apprendre à être une cathare, à communier avec d'autres personnes de même croyance. Bien entendu, et c'était un paradoxe de taille, les seuls documents concernant l'histoire des cathares provenaient de l'Inquisition, ou d'autres ennemis de cette religion. Pas un seul texte cathare originel n'avait survécu. Pas un seul ! L'histoire était décidément toujours écrite par les vainqueurs. Mais il y avait peut-être une chance de la réécrire et d'en effacer les mensonges. Le livre d'heures était peut-être à portée de main, et pourrait bien mener à La Vérité.

Elle entendit des voix en bas, au pied de l'escalier.

Des touristes, explorant le château.

Il fallait qu'elle reparte, qu'elle retourne à Toulouse, à une centaine de kilomètres à l'ouest seulement. Elle aurait le temps de réfléchir pendant le trajet, pour déterminer quelle suite donner à cette affaire. Contrairement à ses ancêtres, elle n'avait pas l'intention de se soumettre à l'oppression. Sept cents ans avaient apporté la preuve de ce que seuls les êtres dociles se font tuer.

Ce ne serait pas son destin.

Elle ne laisserait pas passer cette occasion d'arriver à ses fins.

16

Roland Bélancourt entra dans la cathédrale Saint-Étienne. Personne ne savait de quand exactement datait cette magnifique église. De l'époque de Charlemagne, pensait-on. Le bâtiment actuel semblait avoir été mis en pièces par un enfant, puis remonté dans l'obscurité. Une fusion de deux styles incomplets, l'un massif et puissant, l'autre épuré, lumineux.

L'obscurité et la lumière.

Depuis sa chaire, l'hérétique évêque de Toulouse avait dressé les gens du pays contre Rome. Les comtes de Toulouse y avaient célébré leur culte, ce qui expliquait pourquoi, après la fin des croisades, la lignée s'étant éteinte, le cachet royal avait été apposé partout dans l'église. C'est alors qu'un splendide retable baroque, des grilles ouvragées et un ensemble de magnifiques vitraux étaient apparus, témoignant du pouvoir et de la richesse des Français et des papistes.

Roland Bélancourt s'avança dans l'allée centrale, entre les bancs occupés par les fidèles venus pour la messe du dimanche soir. La plupart des têtes étaient penchées, en quête de recueillement ; le silence seul les reliait. Il attira les regards, certains le reconnurent. Toulouse était le berceau des fusées européennes, du Concorde et de l'Airbus. L'agence spatiale française avait son siège à proximité, tout comme le service météorologique national. La ville comptait d'innombrables centres de recherche, des entreprises de haute technologie et des écoles de formation d'élites. Il était au cœur de tout cela, son groupe était un géant, détenu et géré par un fils du pays – ce que ces gens savaient parfaitement. Mais ils avaient aussi besoin de savoir que c'était un homme de foi, qu'il avait fait allégeance à l'Église de Rome. La religion était importante pour lui, comme cela devrait l'être pour tout bon Français qui se respecte. Ses parents et grands-parents avaient pratiqué leur culte ici même. Comme leurs grands-parents avant eux. Il avait apporté son soutien financier et donné de son temps à cette cathédrale ; l'évêque était un ami personnel.

Il prit place et la messe commença.

Il s'agenouilla, comme le reste de la congrégation.

Le chœur entama son interprétation angélique du *Gloria in excelsis Deo.*

Il ferma les yeux et pria.

La messe se termina par l'exhortation du prêtre à aller en paix.

Dehors, le soleil s'était couché, les vitraux étaient obscurcis par la tombée du jour. Bélancourt se signa, se leva, quitta son banc et se dirigea vers les portes arrière. Il se sentait revigoré, comme toujours après la messe. C'est pourquoi il y allait régulièrement. En entrant dans l'église, il gardait toujours la tête baissée – pas en sortant. Et c'est là qu'il la vit. Assise sur le banc du fond.

Simone.

Ils n'avaient pas été en contact depuis des années. Ce qui était étrange, compte tenu de ce qu'ils vivaient dans la même ville. Mais au milieu de plus d'un demi-million d'habitants, cela pouvait se concevoir. Elle était toujours aussi belle, un visage radieux, des yeux vifs qui témoignaient d'une intelligence exceptionnelle. Une femme étonnante qu'il avait aimée autrefois. Plus qu'il n'avait jamais voulu l'admettre. Mais elle avait trahi cet amour. D'une manière impardonnable.

Il s'arrêta et lui fit face.

« Il faut que je te parle », dit-elle à voix basse.

Pas de bonjour, comment vas-tu, va au diable. Rien. Juste il faut que je te parle. Elle n'avait manifestement pas changé.

« Certainement pas ici », dit-il.

Elle haussa les épaules.

« Pourquoi pas ? C'est ton église. Un endroit idéal au contraire, non ? »

Il comprit son sarcasme. Discuter serait inutile. La nef se vidait rapidement et il ne voulait pas se donner en spectacle. Il s'assit sur le banc à côté d'elle, mais garda le visage tourné vers l'autel.

« De quoi s'agit-il, Simone ?

– Laisse tomber le manuscrit de Cassiopée Vitt. »

Il secoua la tête.

« Ce n'est ni le moment ni le lieu pour une telle conversation.

– Elle est venue me voir. »

Une nouvelle information, mais pas surprenante étant donné la réputation de Simone en matière d'histoire cathare. Si bien qu'il fut on ne peut plus clair :

« J'aurai ce manuscrit.

– Tu me détestes à ce point ?

– Te voir m'est odieux. Le simple fait d'être assis ici me donne la nausée. »

Les souvenirs l'assaillirent, ravivant sa haine. Des images horribles de choses horribles. De violentes émotions bouillonnaient en lui, l'amenant au bord des larmes, ce qui ne lui ressemblait pas. C'était physique, comme une blessure encore à vif. Mais il parvint à se maîtriser.

« Je savais que tu finirais par montrer le bout de ton nez. Je me disais bien que Vitt ne mettrait pas longtemps à trouver l'experte en hérésie la plus renommée au monde, dit-il avec une note méprisante dans la voix. Et qu'elle en mettrait encore moins à faire le lien entre toi et moi. Tu ne verras pas ce manuscrit.

– Je l'ai déjà vu. »

Il lui lança un regard noir.

« Des photos, j'en suis sûr. Vitt n'est pas assez stupide pour le sortir de son domaine. Quelqu'un a essayé de le voler. C'était toi ? »

Elle ne répondit pas.

« Tu as besoin de voir la chose en vrai. Nous le savons tous les deux », lui dit-il.

La nef était vide à présent. Il ne restait que le passé.

Il décida d'y aller bille en tête, de ne pas laisser ce fantôme le hanter.

« C'est le livre, Simone. Le *Camin de lutz* a été trouvé. Le Chemin de lumière. Le vrai. » Il garda les yeux fixés sur les siens et vit qu'elle le savait aussi. « Tu ne l'auras pas. J'ai les moyens de t'arrêter. Et je ne m'en priverai pas.

– Ta haine va te dévorer.

– C'est déjà fait. »

Il se leva et s'éloigna.

La *Perfecti* pénétra dans l'une des chapelles latérales de la cathédrale. Roland Bélancourt était parti depuis près d'une demi-heure. Elle s'était attardée dans l'apaisante pénombre des lieux, même si elle préférait une cathédrale d'arbres et de montagnes à la pierre, au bois, aux tapisseries et aux vitraux. Les cathares n'avaient jamais eu besoin d'ornements pour affirmer leur foi.

C'était même plutôt le contraire.

L'absence d'harmonie la heurtait. Un portail décentré, une succession d'arches sans cohérence, une tour dépourvue de style, des ouvertures distribuées de manière erratique. Mais justement, sa singularité lui conférait une certaine beauté, semblable à celle que le caractère donnait au visage humain. Une trop grande régularité des traits, l'absence d'imperfection et une surface sans la moindre ride ne donnaient à voir qu'une beauté de poupée, inexpressive. De façade. Un faux. Rien de spécial ou d'unique. Mais lorsque les traits présentaient une forme d'asymétrie, un léger décentrage, que des rides d'expression animaient le visage, alors celui-ci avait une histoire à raconter.

Et cette église avait une histoire.

Contenue dans son ensemble, pas dans ses détails.

Comme elle-même, pensa la Parfaite.

La rosace se déployait au-dessus d'elle. Une innovation du XIIe siècle, généralement placée à l'ouest de la nef, tout au bout, près des extrémités du transept. C'est l'introduction d'ajouts de réseaux, au XIIIe siècle, qui transforma le banal en spectaculaire. Ses éléments rayonnants consistaient en un réseau complexe de lignes ondulantes à double courbure, créant des dessins géométriques et des formes semblables à des flammes. On vit fleurir des rosaces dans toute la France. À Reims, à Amiens, à Notre-Dame de Paris.

Et ici, à Toulouse.

La même que celle de la couverture du livre d'heures.

Elle respira l'air chargé d'encens. Une odeur qui lui rappela des souvenirs d'enfance, quand ses parents l'amenaient ici pour prier. Elle en était venue à la détester. C'était le parfum de la sainteté et de l'enfer, de l'obéissance et des concessions, de la pompe et de la liturgie. Mais ce n'était pas le moment de ressasser le passé.

Le moment était à l'action.

Elle était venue pour jauger son ennemi. Pour le regarder dans les yeux. Mais rien n'avait changé. Roland la méprisait toujours. Il la connaissait sous le nom de Simone Forte, une femme à laquelle il avait été marié autrefois. Mais grâce à une annulation légale, leur union n'avait jamais existé. Ils étaient tous deux de fervents catholiques à l'époque. Lui avait conservé sa foi, mais elle était devenue cathare, et pas seulement de nom. Comment pouvait-on exiger que la sainteté de Jésus-Christ et de tous ses enseignements soit respectée d'une part et d'autre part accepter que l'Église pille, assassine, viole, vole et détruise en Son nom ? L'universitaire qu'elle était avait lu de nombreux ouvrages de théologie du monde entier. Elle en avait retiré que le concept de dualisme l'emportait par sa logique. Les cathares étaient les plus attachants. Ils avaient compris que pour être *bonne*, une personne devait d'abord être gentille, sincère, humble. Pas d'exception. Pas de défaillance. Le prêtre qui venait de dire la messe portait une chasuble de soie brodée de fils d'or. L'évêque de cette cathédrale arborait une bague épiscopale avec une améthyste de la taille d'une noix. Et que dire de sa mitre en or constellée de pierres fines ? Qu'en était-il de ce bâtiment grandiose, qui n'était qu'un des milliers de temples catholiques existant dans le monde comme autant de monuments à leur gloire ?

Le Dieu du Bien n'exigeait rien de tout cela.

Elle avait un sentiment de souillure, de dégoût à être ici.

Rien de ce qu'elle voyait n'offrait un chemin vers le paradis.

Elle, comme tous les cathares avant elle, voulait seulement pratiquer sa foi en paix. Mais Roland n'allait pas le permettre. Il avait une mission. Une mission alimentée par la haine. Mais c'était une bonne chose de savoir que lui aussi avait flairé que cette découverte était capitale. Il y a longtemps, ils avaient parlé du livre d'heures, du Chemin de lumière et de son lien avec La Vérité. Il savait ce que cette découverte signifiait pour elle. Ce qui expliquait pourquoi il n'avait pas attendu pour intervenir, la privant de ce qui était précieux pour atténuer la souffrance qui avait été la sienne quand elle l'avait rejeté.

Comme pour ses ancêtres, un papiste se tenait à présent en travers de son chemin.

Un papiste résolu à l'écraser.

Elle s'apprêtait à faire demi-tour quand quelque chose sur le sol attira son regard.

Un chapelet, enroulé sur lui-même, que l'un des fidèles avait probablement laissé tomber. Des perles sur un fil pour compter les prières. Que de prières. Répétées tant et tant de fois.

Et pour quoi ?

Qu'avait enseigné le catéchisme ?

Avec l'Ave Maria, nous invitons la Vierge à prier pour nous. Elle joint Sa prière à la nôtre. Si bien que celle-ci devient encore plus opérante, car ce que Marie demande, Elle le reçoit toujours. Jésus ne peut jamais dire non à ce que Sa Mère demande. Avec votre prière, dite de concert avec votre Mère céleste, vous pouvez obtenir ce don suprême qui consiste à changer les cœurs. Chaque jour, par la prière, vous pouvez écarter de vous et de votre patrie bien des dangers et des maux.

Que des mensonges.

Inutiles en plus.

Une autre invention papiste pour garder l'ascendant sur le fidèle.

Quelque chose dont les cathares n'avaient jamais eu besoin.

Elle s'éloigna, plus résolue que jamais, et prit un malin plaisir à planter la semelle de sa chaussure sur le chapelet, faisant craquer les perles.

C'était elle, désormais, la *Perfecti*. Et, contrairement à ses ancêtres, volontairement entrés dans les flammes pour fuir le Dieu du Mal, elle allait affronter les ténèbres bille en tête.

Quels que fussent les moyens qu'il lui faudrait mettre en œuvre.

17

Cassiopée avait pris la décision la veille. Elle allait demander sa participation à Simone Forte. Ne serait-ce que parce que sa présence pourrait irriter Bélancourt, le déstabiliser, car il était évident qu'il y avait quelque chose entre eux deux.

Arrivée aux petites heures au château, Simone s'était aussitôt mise au travail. Viktor était resté avec elle pour garder un œil sur le livre, une précaution que la professeure avait semble-t-il acceptée. Ils étaient installés dans le laboratoire depuis quatre heures, midi approchait. Une semaine s'était écoulée depuis la découverte du livre et il s'était passé beaucoup de choses. Cassiopée avait parlé à Cotton plusieurs fois, lequel lui avait conseillé d'être prudente dans ses rapports avec Bélancourt. « Obtiens des réponses avant de poser des questions. »

Un bon conseil – ce qui l'avait convaincue d'enrôler Simone.

L'attaque légale sur Terra n'avait pas faibli, et Bélancourt n'avait pas repris contact. Cassiopée avait demandé au siège social de ne pas bouger et de se montrer patient. Elle essayait de gérer le problème sans intermédiaire.

Simone était venue avec un ensemble de vieilles cartes géographiques, certaines remontant au XIIIe siècle. Pas des tirages originaux, mais des images haute résolution sur un ordinateur portable, pouvant donc être agrandies pour en apprécier le moindre détail. Elle avait également apporté un tableau de symboles, dont beaucoup apparaissaient dans les différentes illustrations du livre, si joliment dessinés et avec tant de soin qu'ils ressemblaient plus à de la création artistique qu'à de la typographie.

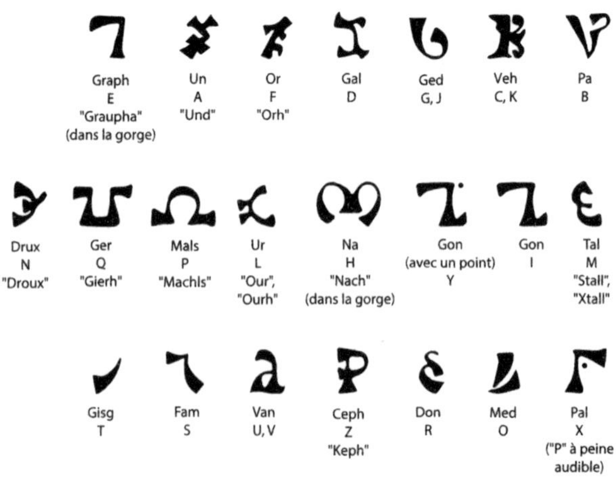

« Qu'est-ce que c'est ? lui demanda Cassiopée.

– Les cathares vivaient à une époque pleine de dangers, mais ils avaient tout de même besoin de communiquer. Ils ont donc inventé un langage qui leur était propre et que les *Perfecti* étaient les seuls à utiliser. Nous le savons parce qu'ils avaient conservé une sorte de pierre de Rosette, qui permettait d'interpréter ces symboles. Celle-ci n'a été découverte qu'au début du XXe siècle. C'est à partir d'elle que ce tableau a été dressé. »

Cassiopée étudia l'étrange assortiment de gribouillis, dont les formes n'avaient ni queue ni tête pour elle. Précisément le but, sans doute.

« À ma connaissance, ajouta Simone, personne à l'époque n'a décrypté le code. Ce qui veut dire qu'il a fonctionné. Dieu merci, un moyen de le lire a été conservé. »

Viktor les observait avec beaucoup d'intérêt. Ils avaient trouvé de nombreux artefacts sur le chantier, mais jamais rien de tel. Cassiopée l'avait mis dans la confidence à la condition que tout ce qu'il verrait et entendrait reste entre eux. Elle ne voulait pas d'une autre fuite comme avec *Les Nouvelles de l'Art.* Ayant été incapable de s'excuser pour son abus de confiance évident, Shelby avait été renvoyée. Et Dieu merci, elle était partie. Avec Simone Forte dans les parages, la dernière chose dont elle avait besoin était une journaliste fouineuse et non fiable. De plus, comme c'était lundi, le site de construction était fermé aux visiteurs. Une circonstance favorable supplémentaire.

« On retrouve tous ces symboles ici, dit Simone, sur toutes les pages de ce livre. Cela étant, la colombe en est la clé. Elle est bien dessinée sur chaque page, la tête tournée vers le ciel, les ailes déployées, comme ce que vous avez vu hier dans mon laboratoire. Sauf pour ce qui est de la vingt-sixième illustration. Là, le dessin est différent. Ça ne peut pas être une simple erreur. »

Le livre d'heures était ouvert sur la table. Ce n'était pas la meilleure façon d'examiner ses pages, mais le dos était déjà en mauvais état. Elle étudia la page en question et vit que la colombe cathare était inversée, les ailes déployées mais la tête en bas, enfouie dans les illustrations de la marge. Elle compta neuf oiseaux parmi les symboles du tableau, tous entrelacés en un motif artistique d'une grande richesse. Elle avait beaucoup de questions mais ne voulait pas en partager toutes les réponses avec Viktor.

« Pourrais-tu m'attendre dehors quelques minutes ? lui demanda-t-elle. Je reste encore un moment sur le livre. »

Il acquiesça et quitta le laboratoire. Elle aimait le fait qu'il ne discutait jamais, ne posait pas de questions, qu'il se fiait au jugement de sa partenaire.

« J'apprécie, dit Simone. Je préférerais que tout cela reste entre nous.

– Je suis d'accord. C'est notre affaire.

– Il n'y a peut-être que trois personnes dans le monde qui peuvent déchiffrer ce puzzle, dit Simone. Heureusement pour vous, je suis l'une d'entre elles. J'ai découvert l'histoire d'Arnaut en travaillant sur ma thèse de doctorat. Depuis, elle me fascine.

– Je suppose que votre ex-mari le sait ? »

Simone hocha la tête.

« Nous avons souvent discuté de la possibilité que ce livre d'heures ait existé, et de l'importance qu'il pourrait avoir eu dans l'histoire cathare.

– Il m'a dit que son implication dans cette aventure était très personnelle.

– Un euphémisme. Notre mariage ne s'est pas bien terminé. Mon ex-mari me déteste, et depuis longtemps.

– Pouvez-vous me dire pourquoi ?

– Je pourrais, oui. Mais je préfère garder ça pour moi. »

Apparemment, quelle que soit la route qu'elle prenait, avec Simone ou avec Bélancourt, celle-ci menait à une impasse.

« Votre ex-mari n'est pas en possession de ce livre, dit-elle. Nous, oui. Cela vous donne un avantage. Pouvez-vous interpréter ces signes ? »

Simone acquiesça.

« Le *Camin de lutz*. Le Chemin de lumière. Je pense être capable de le suivre. »

Cassiopée l'écoutait, de plus en plus intriguée.

Simone désigna la vingt-sixième page. La marge de droite était remplie de dessins qui penchaient vers la gauche puis remontaient vers le haut de la page. Le texte remplissait l'espace encadré par les illustrations. La colombe inversée apparaissait à intervalles de quelques centimètres, formant une ligne le long du bord extérieur.

« Les cathares vivaient parmi leurs ennemis au vu et au su de tous. Ils étaient à la fois présents et absents. Je ne peux que supposer que la colombe dessinée à l'envers uniquement sur cette page est représentative de cet état de fait. Elle est présente sur chaque page du livre, mais autrement sur celle-ci. Regardez les illustrations de la page vingt-six. Les colombes s'arrêtent ici et ici. »

Simone désigna une colombe renversée en haut à gauche, l'autre à quelques centimètres de là, juste avant que la ligne de colombes ne descende le long du bord droit de la page.

« Entre les deux intervalles, les symboles ne sont plus aléatoires. Ils forment deux mots. *Lac. Saber.* »

Cassiopée connaissait son occitan.

« Lac ». « Connaissance ».

« Ensuite, en dessous, il y a trois autres mots. *Rosa. Bèstia roja.* »

Elle fit le lien avec l'autre indice que Simone avait mentionné la veille. *Le menarà al lac del saber.* « La rose mènera au lac de la connaissance. »

Mais *Bèstia roja* ?

« C'est quoi, la "bête rouge" ?

– Je n'en ai aucune idée. C'est une nouvelle information.

– Et maintenant ? demanda Cassiopée.

– J'ai besoin d'un peu plus de temps. »

Deux heures plus tard, Cassiopée retourna au laboratoire, appelée par Viktor revenu pour surveiller leur visiteuse.

À peine eut-elle franchi la porte qu'elle vit un sourire éclairer son visage.

« Elle l'a. »

Simone semblait tout excitée elle aussi.

« J'ai réussi à relier certains des mots du livre à des points sur le sol. Ils correspondent à une carte grossière de l'Occitanie qui a été conservée, ce qui était le nom de toute cette région de la France moderne au XIIIe siècle. »

Ça, elle le savait. Le pays des rebelles et des troubadours.

Simone attira son attention sur la vieille carte à l'écran.

« Ici, là où la Valarties rejoint la Garonne, près d'Arties, juste à la frontière franco-espagnole, il y avait un lac, autrefois. Il figure là sur la carte. »

Elle vit ses contours parmi ce qui semblait être des montagnes et des collines, représentées par des lignes ondulées.

« Qu'est-ce qu'il y a, là, au milieu ?

– Une île, je pense. Dans les lacs pyrénéens, il y en a beaucoup qui n'ont pas été inondées par l'eau descendant des sommets. Regardez comment s'appelle celui-ci. »

Elle l'avait déjà remarqué. *Rosa.*

Le lac de la rose.

« Il n'existe plus, dit Simone, en remplaçant l'image par une carte moderne de la même région, où l'on ne voyait aucun plan d'eau. Il est asséché. C'est ce qui s'est passé partout, avec la fonte des glaciers des Pyrénées, le cours des rivières s'étant déplacé. Ce qui, avec le temps, a sans doute aussi contribué à empêcher qu'on puisse aller y faire des recherches. Mais cela ne veut pas dire qu'il n'y a pas quelque chose à y trouver. »

Cassiopée sourit.

« Il n'y a qu'une seule façon de le savoir. »

***

Bélancourt dirigea le bateau à moteur sur la Garonne, le maintenant à une vitesse raisonnable, prenant chaque virage en douceur. Debout à la poupe, Nina St. Clair applaudit son fils qui s'en sortait plutôt bien pour un enfant de dix ans. Six mois auparavant, il pouvait à peine se tenir debout sur ses skis. Maintenant, il était très à l'aise. Prochaine étape ? Passer au monoski et se mettre au slalom.

Mais pas encore, pas tout à fait.

Bélancourt opta pour une trajectoire rectiligne et jeta un coup d'œil en arrière pour vérifier la posture du garçon. Tout semblait parfait. Dos bien droit. Épaules en place. Bras tendus. Genoux à peine fléchis. Le fleuve semblait un peu hostile aujourd'hui, tapant furieusement contre la coque du bateau.

« Il s'y prend bien », cria-t-il à Nina pour couvrir le bruit du moteur.

Elle lui sourit.

« Merci », articula-t-elle en silence.

Il hocha la tête.

« Il est chouette, ce gamin, sans compter que c'est un plaisir pour moi. »

Nina était en ville pour la semaine. Elle vivait en Italie mais venait régulièrement, souvent avec le petit Georges. Bélancourt avait aménagé son emploi du temps pour lui consacrer ce lundi et loué le bateau pour qu'ils puissent passer de bons moments ensemble. Cela faisait presque trois ans que Nina et lui se fréquentaient. Est-ce que ça déboucherait sur quelque chose ? Probablement pas. Sa confiance en lui, qui attirait Nina, il le savait, n'était qu'une illusion, une mince enveloppe, fragile, toujours menacée par le passé. Il luttait avec acharnement contre ses effets, mais il ne pouvait nier leur pouvoir sur lui. Il appréciait sa compagnie, cependant, et gardait l'esprit ouvert, surtout pour ce qui était de Georges. Mais il aurait beau passer beaucoup de temps avec le garçon, être proche de lui, une chose était claire : il ne serait jamais son père. Un ex-mari occuperait toujours cette position.

Georges avait sept ans quand ils s'étaient rencontrés pour la première fois. Nina les avait présentés et l'enfant avait aussitôt tendu la main en disant : « Ravi de vous rencontrer. » Il avait été immédiatement touché par sa courtoisie, ça avait tout de suite fonctionné entre eux. Ils avaient fait des randonnées en montagne, du ski alpin et, bien sûr, il l'avait emmené voler. Georges, qui semblait adorer ça, montrait un réel intérêt pour l'aviation. Il lui avait fait visiter l'usine et ils avaient passé des heures à parler avions.

Ils approchaient du quai.

Un signe de la main à Georges pour l'inviter à lâcher le palonnier et Bélancourt fit pivoter le bateau pour aller récupérer le garçon dans le fleuve. Quinze minutes plus tard, tous trois étaient assis sur la terrasse de L'Émulation nautique, face au fleuve. Le restaurant était un endroit plein de charme, très couru. Georges opta pour un hamburger et des frites. Bélancourt choisit le tartare de thon et Nina commanda des langoustines grillées.

« Je pourrai encore skier après le déjeuner ? demanda Georges, encore tout excité par sa performance.

– Si Roland en a le temps », dit Nina, offrant une porte de sortie à son ami.

Qu'il ne prit pas.

« Mais oui, nous avons tout notre temps. J'ai loué le bateau pour la journée. Je pourrai même en faire un peu.

– Ça veut dire que je pourrai le piloter ? demanda Georges.

– Peut-être, répondit-il. Mais avec l'aide de ta mère. »

Le repas était délicieux et il savoura ce temps passé avec eux. Il avait construit certains des plus grands avions du monde, mais il n'avait jamais pu fonder une famille. Le destin et les circonstances s'étaient conjugués pour le priver d'un enfant à lui. L'adoption aurait été une possibilité, certes, de même qu'avoir un beau-fils comme Georges, mais il avait voulu avoir un enfant de son sang. Pour que les gènes des Bélancourt se perpétuent.

Hélas, ce ne serait jamais le cas.

À cause de Simone.

La voir dimanche avait ravivé son amertume et lui avait rappelé une fois de plus que l'avenir qu'il avait envisagé ne serait pas, qu'il n'y avait que le présent.

Et ce n'était pas joyeux.

Ils finirent de déjeuner.

Il était en train de retourner au quai quand son portable sonna. Il avait laissé des instructions précises à son bureau pour qu'on ne le dérangeât qu'en cas d'absolue nécessité. Il consulta l'écran. Ce n'était pas le bureau. Quelque chose d'autre.

D'important.

« Je vous retrouve au bateau », dit-il à Nina.

Elle hocha la tête et sourit, puis elle et Georges s'éloignèrent.

Il se dirigea vers un endroit tranquille près de la rive et répondit à l'appel.

« Qu'est-ce qu'il se passe ?

– Votre ex-femme est directement venue au château de Vitt ce matin. Elle y est toujours.

– Avez-vous pu voir ou entendre quelque chose ?

– Les deux. Le micro parabolique a très bien fonctionné, même s'ils n'ont pas quitté le laboratoire du site. »

Il attendit.

« Simone a décrypté quelque chose dans le livre d'heures et déterminé un emplacement possible pour ce qu'elle a appelé La Vérité. »

C'était exactement ce qu'il voulait entendre.

Simone était intelligente. Cassiopée Vitt aussi. Ensemble, elles feraient une équipe formidable. C'est pourquoi il avait demandé à son homme de suivre la première, ce qui avait conduit ses yeux et ses oreilles directement à la seconde.

« Dites-moi tout. »

Il écouta la suite, la totalité de l'entretien des deux femmes.

« Elles ont l'intention de se rendre dans le Sud demain pour aller y jeter un œil, dit l'homme.

– Savez-vous où exactement ? »

L'homme lui donna davantage de détails sur ce qu'il avait entendu.

« Voulez-vous que je les suive demain ?

– Non, dit-il. Je m'en charge. »

18

Cassiopée descendit du véhicule pour admirer le paysage, la nature étant ici encore très préservée. Les Pyrénées s'étendent de l'Atlantique à la Méditerranée, une ligne de pics calcaires tachetés de rouille le long de la frontière entre la France et l'Espagne, formant un mur naturel de quatre cent trente kilomètres de long. Les Pyrénées sont parsemées de lacs, dont beaucoup sont situés dans des endroits élevés, inhospitaliers et dépourvus de végétation. Des sources jaillissent de presque tous les trous, formant des torrents et des chutes d'eau que les gens viennent admirer des quatre coins du monde.

La légende s'est attachée à ces montagnes. D'autres chaînes les dépassent en altitude, mais pas en beauté ni en charme.

Ce jour-là, partout des sommets inviolés semblaient miroiter sur le ciel bleu. Cassiopée savait que des villages en ruine se cachaient parmi ces montagnes, dont beaucoup étaient coiffés de châteaux et respiraient l'atmosphère des siècles passés. Les mœurs et les coutumes du temps jadis imprégnaient toujours leurs habitants. Dans les vallées, toutes sortes d'histoires couraient encore, dont Charlemagne, les Francs, les Wisigoths, les Sarrasins et les Maures étaient les héros.

Ainsi que les cathares.

Ces vallées se trouvaient en France au cœur d'un parc national, dont les terres avaient été préservées depuis les années 1950. Près de cinq cents kilomètres carrés de paysages montagneux jusqu'à la frontière espagnole. Pour gagner du temps, elles étaient toutes deux venues de Lyon en hélicoptère. La veille, Cassiopée avait envoyé l'un de ses employés parcourir les cinq cents kilomètres de route dans l'une de ses Range Rover, si bien que le véhicule les attendait à l'atterrissage chargé du matériel dont elles pourraient avoir besoin, selon les recommandations de Simone.

Sa nouvelle alliée était restée dormir au château et elles avaient passé une agréable soirée à parler de la France et de son histoire. C'était une femme intéressante. Un seul sujet restait tabou : Roland Bélancourt. Et Cassiopée avait décidé de respecter la réserve de Simone, espérant qu'elle finirait par se confier à elle.

Simone sortit dans l'air frais du matin.

Elles avaient pris la voiture et emprunté une route sinueuse qui traversait le parc national, grimpant toujours plus haut vers des sommets qui n'étaient pas si lointains. Il n'y avait guère de présence humaine en vue, rien que la route asphaltée et la vue depuis le parking sur une vallée tout en longueur, flanquée de collines protectrices.

« Je me suis longtemps doutée que cette région abritait l'endroit idéal, dit Simone. Où exactement ? Je n'en avais aucune idée. Mais je pensais bien qu'il ne pouvait y avoir meilleur emplacement que quelque part dans ces montagnes pour cacher l'objet le plus précieux des cathares. Ce que nous voyons là, cette vallée, était autrefois sous l'eau. Un lac alpin, à haute altitude dans les Pyrénées, baptisé le "lac de la rose". »

Cassiopée admira la haute vallée, rocheuse et sauvage, au sol envahi par les ronces, le chêne, la bruyère et la lavande. D'imposantes parois de calcaire nu, striées d'ombres bleues, s'élevaient sur trois côtés, la paroi rocheuse n'offrant que peu de fissures, de crevasses ou de saillies. Bien sûr, il y avait eu des siècles d'intempéries et d'érosion, mais les contours de ce qui aurait pu être un lac étaient toujours là.

« Là, regardez, dit Simone, en désignant un point précis. Sur la droite. Le terrain s'élève brusquement, puis se stabilise, et retombe de tous les côtés. Ça devait être l'île du lac de la rose qu'on a vue sur la carte.

– Êtes-vous déjà venue ici ? »

Simone secoua la tête.

« Pas ici, non. Mais dans des coins qui ne sont qu'à quelques kilomètres. »

Elles avaient passé des heures la veille au soir à étudier le manuscrit enluminé, à en photographier des pages et à examiner les cartes. Simone avait apporté des notes prises lors d'études précédentes, ainsi que des photos de symboles gravés sur des rochers qu'elle avait repérés dans tout le sud de la France. Le livre lui-même était resté au château, enfermé dans le coffre, sous la garde de Viktor.

Leur perchoir offrait une excellente vue sur ce magnifique paysage. Il n'y avait pas d'autre visiteur en vue, le mardi n'étant apparemment pas un jour de grande affluence dans le parc. Elle laissa à Simone le temps de s'abîmer dans ses pensées, suivant le conseil de Cotton qui disait souvent que « les gens pressés se font généralement avoir ».

« Allons chercher notre équipement », finit-elle par dire.

***

Bélancourt abaissa ses jumelles.

Il avait mis le cap au sud la veille au soir, après avoir passé la journée avec Nina et Georges. Il avait savouré les joies de la famille, ne serait-ce que quelques heures. Des pensées de mariage s'étaient à nouveau glissées dans son esprit. Mais s'il adorait Georges et si Nina lui plaisait beaucoup, il ne l'aimait pas. Cela faisait tellement longtemps qu'il n'avait pas aimé qu'il avait quasiment oublié ce que c'était. Simone avait raison. La haine l'avait consumé et, chaque fois qu'il croyait l'avoir surmontée, il se rendait compte que non, il n'y était pas parvenu. Heureusement, la raison l'emportait et il savait qu'aimer l'enfant de Nina ne remplacerait pas son amour pour elle. Il continuerait à la voir, à partager des moments avec Georges, mais leur relation finirait par s'essouffler. C'était dommage… mais inévitable. C'est ce qui arrivait à un cœur brisé.

Un cœur que rien ne pourrait réparer.

Plus tôt, il avait arrêté toute spéculation, repris son sang-froid, cessé de se poser des questions et décidé que l'heure était venue d'agir. Il se tenait sur une crête, à environ cinq cents mètres de Simone et Cassiopée, dissimulé derrière les arbres. Il avait attendu leur arrivée au parc national, ayant déjà repéré les lieux grâce aux informations que son employé avait recueillies, puisqu'ils avaient continué à surveiller électroniquement la conversation des deux femmes jusque tard dans la nuit. Il savait maintenant que, huit siècles auparavant, la terre qu'il foulait était sous l'eau, que toute la vallée était submergée à l'exception d'une île, au nord-ouest. Et quelque part, non loin de là ou peut-être même sur cette île, se trouvait le plus grand trésor de la religion cathare.

La Vertat.

La Vérité.

Qui ne signifiait rien pour lui. Le livre n'avait aucune valeur à ses yeux, aucune importance. Ce n'était qu'hérésie. Tout ce qui comptait pour lui, c'était l'importance qu'il revêtait pour Simone. Elle avait passé sa vie à le chercher.

Et maintenant, il était à sa portée. Mais elle ne l'aurait pas.

***

Simone suivit le sentier envahi de broussailles. Le soleil cuisait lentement le sol, projetant des ombres nettes, faisant naître une légère couche de transpiration sur leurs bras et leur visage. Le sentier était d'ordinaire sûrement très fréquenté par des randonneurs, mais pas aujourd'hui. Elle et Cassiopée étaient seules.

Mais l'étaient-elles vraiment ?

Se pouvait-il que Roland soit là, dehors ? À l'affût ? Elle ne pouvait sous-estimer le ressentiment de son ex. Pas cette fois. C'est pourquoi elle avait apporté une arme, rangée au fond de son sac à dos, au cas où. Elle ne se laisserait pas détruire comme ses ancêtres.

Pas question !

Elles continuèrent de marcher, quittant le sentier, se dirigeant vers le coin nord-ouest de la vallée.

Ce qui avait certainement été autrefois un raidillon, partant d'un point élevé au-dessus du lac, n'était plus qu'une pente qui descendait de tous côtés depuis un petit promontoire boisé. Elles gravirent la pente de terre meuble et d'éboulis et atteignirent le bord de la plate-forme rocheuse. Les coups répétés d'un pic-vert sur un tronc saluèrent leur arrivée. Des bouleaux, des pins et des broussailles poussaient partout sur la plate-forme.

« Déployons-nous et voyons si nous pouvons trouver quelque chose », dit Simone.

Elles déposèrent leur sac à dos et s'éloignèrent dans deux directions opposées. Cinq minutes plus tard, Simone repéra une colombe sculptée à la base d'un rocher gris, corps et ailes bien visibles dans la décoloration de la pierre. Le temps en avait érodé la plus grande partie, mais il en restait assez pour voir que, curieusement, l'oiseau avait la tête en bas.

Elle était sur le point d'appeler Cassiopée quand celle-ci cria :

« J'ai quelque chose ! »

Elle se précipita et vit une autre colombe inversée à la base d'un autre rocher.

« On en trouve partout dans cette région, dit-elle à Vitt. Mais pas à l'envers, jamais. Et pour celui qui ne serait pas dans le secret de ce que nous savons, cette anomalie n'aurait aucune importance. » Elle passa lentement un doigt sur le tracé du dessin. « Nous avons deux points de repère. »

Et elle parla de l'autre colombe à Cassiopée.

Elles approchaient du but. Simone le sentait. Les cathares étaient un peuple simple, animé de pensées simples. La notion de simplicité était au cœur même de leur religion. Cette quête ne serait donc pas difficile.

« Je dirais que ma colombe et la vôtre sont à environ vingt mètres l'une de l'autre, nota Simone. Marquez celle-ci avec quelque chose de bien visible ; je vais faire de même avec la mienne. »

Elle se dépêcha de revenir et, ayant ramassé une branche sur le sol, la posa sur le rocher. Puis elle s'éloigna à nouveau et, quelques minutes plus tard, trouva un autre rocher avec une autre colombe à l'envers à sa base, partiellement enterré dans le sol.

Elle avait failli passer à côté.

Cassiopée était repartie dans la direction opposée. Simone, qui avait eu une intuition, l'avait rappelée, lui recommandant d'explorer à droite de sa découverte initiale. Elle la regarda suivre son conseil.

« Venez parallèlement à moi, dit-elle. Mais restez dans le prolongement de la première colombe que vous avez trouvée. »

Il lui sembla que Cassiopée ajustait sa trajectoire. Si elle ne se trompait pas, il devait y avoir un autre repère près de l'endroit que regardait sa coéquipière.

« Trouvé, dit Cassiopée.

– Marquez-le, que je puisse voir où ça se situe. »

Ce que fit Cassiopée sur son rocher, puis Simone à son tour. Un rapide coup d'œil entre les arbres indiquait que les quatre colombes formaient un carré grossier, d'environ vingt mètres de côté.

« Restez où vous êtes », lui dit Simone.

Puis elle retourna vite vers la première colombe.

Cassiopée se tenait à présent en diagonale par rapport à elle.

« Marchez vers moi ! » lui cria-t-elle.

Elle fit de même, évitant les broussailles et les arbres, mais en suivant une ligne relativement droite par rapport à Cassiopée.

Les deux femmes se rencontrèrent.

« Vous pensez qu'il y a quelque chose au centre du carré formé par les quatre repères ? demanda Cassiopée.

– Absolument. Nous devons être proches de la ligne formée par les deux autres. »

Elles réajustèrent leur point de rencontre, essayant de croiser cette ligne imaginaire.

« On y est, dit Cassiopée. Ou aussi près qu'on peut l'être sans ficelle.

– Arnaut n'avait pas de cordeau. »

Elle examina le sol. Dur. Solide. Une couche d'éboulis et de terre sur de la roche.

Ensemble, elles dégagèrent la surface avec leurs bottes. Cassiopée courut vers l'endroit où elles avaient laissé leur sac à dos et, revenant avec, en sortit une pelle pliable et commença à creuser.

Puis elle la vit.

Une entaille dans la pierre, s'étendant dans les deux directions le long d'une ligne à peu près droite. Peu profonde. Mais bien là. Visible. Cassiopée arrêta de creuser et se concentra sur l'entaille, utilisant la lame de la pelle pour la dégager.

Un coin apparut.

Simone regarda Cassiopée et dit :

« Ce n'est pas quelque chose de naturel.

– Non, en effet. »

19

Bélancourt s'approcha du promontoire par le côté opposé à celui que Simone et Cassiopée avaient emprunté. Le soleil, brûlant, avait atteint son zénith. Il gravit la pente lentement, prudemment, sans faire de bruit, et se cacha aussitôt en arrivant au sommet. Il vit les deux femmes se déplacer à travers les arbres et les broussailles, entendit l'excitation dans leurs voix. Puis il se fit attentif au bruit qu'elles faisaient en creusant ainsi qu'à celui d'une lame de métal glissant sur la roche. Il décida de ne pas tenter le diable en s'approchant davantage. Il allait attendre la suite des événements. Il n'avait pas de vue directe sur Simone ni Cassiopée, mais elles étaient devant lui, à une cinquantaine de mètres, au milieu des broussailles.

Il se souvenait avoir entendu Simone, des années auparavant, parler du mythique lac de la connaissance. Elle avait toujours pensé que le cathare qui s'était échappé de Montségur était un messager de Dieu et que la Providence avait veillé sur chacun de ses mouvements. La preuve en était à ses yeux que ce qu'il avait caché l'était resté pendant huit siècles. Certes, peu de gens s'étaient vraiment mis en tête de le trouver et, depuis soixante ans, cet endroit était un parc national protégé. S'engager dans une expédition de chasse au trésor à grande échelle aurait été difficile. Pourtant, Simone et Cassiopée étaient ici, au milieu de ces montagnes, concentrées sur un endroit bien précis. Pourquoi ? Le livre d'heures avait-il vraiment révélé le Chemin de lumière ? Tout cela était-il réel ?

Il l'espérait.

Parce qu'il n'aurait pas de plus grand plaisir que de priver Simone de cette joie.

***

Cassiopée examina ce que sa pelle avait révélé.

Une entaille dans la roche formant un rectangle d'environ un mètre de large de chaque côté. Elle planta sa botte en son centre. Rien ne bougea. Elle tapa dessus avec sa pelle. Pas de son creux. L'entaille elle-même s'était remplie depuis longtemps et était plus une rainure peu profonde en forme de U dans la roche qu'un véritable joint.

La version cathare des croix censées indiquer un endroit ?

« Serait-ce une ouverture dans le sol ? » demanda Simone.

Bonne question.

« C'était une île, ici. Jadis, un gros rocher calcaire qui émergeait d'un lac. » Elle jeta un coup d'œil autour d'elle sur le promontoire. « Il est fort possible qu'il faille descendre. »

Elle avait prévu l'éventualité que ce qu'elles cherchaient soit enterré, en particulier dans une grotte comme il y en avait partout dans le sud de la France.

« On va voir. »

Cassiopée alla chercher les détonateurs qu'elle avait apportés dans son sac à dos. Sur le site du château, on s'en servait parfois pour détacher des pierres de la carrière, l'une des rares infractions à la règle du « que des outils et des matériaux d'époque ». Elle commença par utiliser la pelle pour effriter les quatre coins de l'entaille, y formant des petits trous. Les bouchons sont livrés avec leurs propres détonateurs qui sont contrôlés par radio. Pas des explosifs très puissants, mais concentrés et assez efficaces. Elle glissa un bouchon dans chaque trou et remplit les cavités avec de la roche et de la terre.

« Éloignons-nous », dit-elle à Simone.

Et elles battirent en retraite vingt mètres plus loin, se mettant à couvert derrière un gros rocher. Elle activa l'émetteur, espérant qu'il n'y aurait personne à proximité, et surtout pas l'un des gardes forestiers.

Elle appuya sur le déclencheur.

***

Bélancourt sentit la roche trembler sous ses pieds, des débris voler dans toutes les directions. Il s'était demandé pourquoi Cassiopée avait commencé à creuser. Maintenant, il savait.

Il fallut quelques instants pour que la poussière retombe. Il était toujours sur la pente, près de la crête, en sécurité derrière un amas de rochers, parfaitement à même de voir ce qui se passait. Simone et Cassiopée allaient et venaient entre les arbres. Il retint sa respiration, écouta au-delà de la poussée d'adrénaline et s'approcha de l'endroit où l'explosion s'était produite.

Que se passait-il ?

***

Cassiopée regarda avec stupéfaction le trou dans le sol.

Les explosifs avaient fait voler la roche en éclats, laquelle avait manifestement servi à boucher une cavité souterraine, révélant un goulot noir d'un peu moins d'un mètre de diamètre. Elle se pencha pour prendre un petit morceau de roche dans sa main et le lança dans le trou. Il toucha le sol en quelques secondes

« Ce n'est pas très profond, dit-elle. Et j'ai une corde. »

Elle prit un rouleau de nylon épais dans son sac et, le déroulant, en attacha l'extrémité à l'arbre le plus proche. Puis elle jeta le reste dans le trou. Elle avait aussi apporté deux torches.

« Laissez-moi y aller en premier », dit Simone.

Cassiopée allait discuter, mais décida que cela ne servirait à rien. Elle se contenta d'approuver de la tête.

Avant que Simone entre dans le trou, elle y braqua sa torche. Le fond apparut environ quatre mètres plus bas.

Simone enfila une paire de gants en cuir épais.

Cette femme avait tout prévu.

Mais qui était-elle pour juger ? N'avait-elle pas emporté ses propres gants ?

Simone s'assit sur le bord de l'ouverture et, s'agrippant à la corde, descendit dans le trou. Il ne lui fallut que quelques secondes pour être de nouveau sur la terre ferme.

« La descente ne présente aucune difficulté », lui cria Simone.

Cassiopée attrapa les deux sacs à dos et les lui lança.

Avant de s'engager, elle scruta une dernière fois les environs. Tout semblait calme.

Espérons que cela restera ainsi.

***

Bélancourt regarda Cassiopée Vitt disparaître dans le trou à la suite de Simone. L'explosion avait apparemment mis au jour un accès qui conduisait sous terre. Il y avait eu un peu de bruit lorsque les charges avaient explosé, mais rien d'assourdissant, à moins que quelqu'un ne se soit trouvé tout près.

Il se demanda ce qu'il allait faire.

Les suivre ? Il y avait un risque. Le passage en dessous pourrait être étroit et avoir un accès unique, sans autre issue ; il pourrait être vu. Mais le temps était venu de rendre à Simone la monnaie de sa pièce. Elle devait ressentir la peine et la douleur qui avaient été les siennes toutes ces années. Elle devait savoir qu'un meurtre se paie au prix fort. Les autorités appelaient cela la "peine capitale". Il voyait ça comme un châtiment. Malheureusement, Cassiopée Vitt se retrouvait au milieu de tout ça.

Pas au bon endroit.

Mais ce n'était pas son problème.

20

Cassiopée suivit Simone dans une étroite galerie creusée dans le calcaire, qui s'éloignait de l'ancien îlot en direction de la falaise voisine. Il y régnait une humidité qui sentait le moisi et glissait lourdement sur sa peau comme une serviette mouillée. Elle se demanda à quand remontait la dernière visite d'un être humain.

Si tant est qu'il n'y en eut jamais

Simone, qui semblait imperturbable et n'avoir absolument pas peur, plongea dans l'obscurité, précédée par le faisceau de sa torche. Pour une universitaire, elle avait du cran.

« Peut-être qu'on devrait y aller plus doucement », dit Cassiopée.

Elle avait vécu suffisamment de situations de ce genre pour savoir que la facilité est souvent synonyme d'ennuis. Il pouvait y avoir un traquenard. Un danger. Puis elle se dit qu'elles étaient peut-être sur un site cathare, et que les cathares n'étaient pas violents.

Le tunnel se terminait par une salle dotée de quatre autres issues, comme les doigts de la main.

Simone s'arrêta.

La voûte au-dessus était parsemée de moignons de stalactites mutilés par les mouvements telluriques, leurs restes éparpillés sur le sol sous forme de pierres et de gravier. Cassiopée balaya les murs du pinceau de lumière de sa torche et ce qu'elle vit la stupéfia.

Elle compta plus d'une cinquantaine de peintures murales.

Des bisons. Des chevaux. Des poneys. Des visages.

Elle s'approcha, se pencha et vit la silhouette d'un petit cheval d'à peine cinq centimètres de long finement exécuté dans un beau rouge mat aux contours gravés. Le dessin, très soigné, avec une encolure disproportionnée et des pattes fines, lui rappelait des peintures rupestres paléolithiques qu'elle avait vues dans d'autres grottes françaises et espagnoles.

Elle examina trois formes humaines grotesques, également peintes en rouge sur la paroi concave d'une petite niche. La figure d'un homme, la tête de profil, le reste du corps tourné vers l'avant. Une strie dans la roche formait un énorme phallus dressé. L'ingéniosité de l'artiste la fit sourire. Le second était une silhouette dessinée en noir, au dos arrondi et aux bras pendants. Avec ses cornes et sa queue, il faisait penser à un sorcier. La troisième figure, entourée de stalagmites, avait une tête tout en longueur avec un front fuyant et un menton avancé. Humains et animaux étaient tous réduits à leurs traits essentiels.

Simone semblait elle aussi fascinée par cette démonstration de créativité.

« N'est-ce pas étrange que les animaux aient été dessinés avec beaucoup plus de soin que les hommes ? »

Elle acquiesça.

« J'ai toujours pensé que c'était intentionnel. De simples masques de la réalité. Je n'ai jamais cru que des hommes capables de dessiner aussi bien des animaux étaient incapables de faire de même avec des personnes.

– Vous avez vu d'autres peintures de ce genre ?

– Oui, dans plusieurs grottes. Près de Lascaux, Font-de-Gaume, les Combarelles, et autour du Monte Castillo. Cette région en regorge. »

Toutes ces peintures étaient des témoignages datant de plusieurs dizaines de milliers d'années, lorsque les Pyrénées étaient occupées par les hommes de l'âge de pierre. Certaines étaient monochromes, généralement noires ou rouges, alors que la plupart étaient polychromes, dessinées sur un fond coloré de différentes nuances avec une combinaison de techniques variées. Il y en avait qui étaient gravées dans la roche à l'aide d'un silex ou d'un outil. D'autres étaient de simples esquisses au fusain ou au manganèse.

« Celles-ci sont parmi les plus belles que j'aie jamais vues, dit-elle à Simone. Incroyable. C'est là dans cette grotte depuis la préhistoire, intact.

– Jusqu'à ce que les cathares en fassent un refuge. »

Le goutte-à-goutte de l'eau, sinistre, comme un cri presque humain, continuait de rompre le silence. Il était difficile de dire d'où cela provenait.

« Nous devons nous concentrer sur la raison pour laquelle nous sommes ici, dit Simone. Bien que ces dessins soient, en effet, une découverte archéologique majeure.

– Très bien. Et maintenant ? »

***

Bélancourt utilisa la corde pour descendre dans le trou. Un tunnel s'étendait devant lui dans le noir, rien n'étant visible au-delà de la lumière qui filtrait d'en haut.

Sous sa veste, il prit l'arme qu'il avait apportée et mise en sécurité dans un holster. En France, pour posséder une arme, il fallait d'abord obtenir un permis de chasse ou de tir sportif, ce qui nécessitait une évaluation psychologique. Pénible mais nécessaire si vous vouliez chasser. Il avait réussi à tromper l'examinateur et n'avait eu aucune difficulté à obtenir ce permis. Les pistolets et les revolvers sont rarement autorisés, mais cela n'empêche pas les gens d'en porter. Il en possédait plusieurs depuis des années, ainsi que des fusils de chasse. Surtout pour sa protection personnelle, étant donné qu'un homme dans sa situation courait toujours le risque d'être victime de terroristes ou de kidnappeurs. Tout au moins était-ce ce qu'il disait aux gens.

Il prit l'arme dans sa main gauche. Puis il avança dans l'obscurité, dense, qui s'offrait à lui.

***

Simone essayait de se maîtriser. Il y avait longtemps qu'elle rêvait de ce moment. Maintenant, elle était là. Réfléchir. Répondre à la question de Cassiopée.

Et maintenant ?

Elle braqua sa torche sur les murs et les quatre autres issues qui conduisaient à l'extérieur. Et là, elle les vit.

Gravées dans la pierre calcaire.

Quatre lettres.

Du code cathare.

« Vous voyez ça ? demanda-t-elle à Cassiopée.

– Oui. Elles ressemblent à celles qui se trouvent dans le manuscrit, sur la page qui nous a conduites ici. »

Elle s'approcha d'une des lettres. À peine ébauchée. Apparemment gravée à la hâte. Pas tout à fait complète, mais suffisamment pour qu'elle soit lisible. Elle prit son téléphone dans sa poche. Elle avait conservé plusieurs photos de la page du manuscrit, au cas où.

Entre les colombes renversées et les mots qui se traduisaient par « lac » et « connaissance », le long du Chemin de lumière, il y avait un symbole aléatoire extrait du tableau.

Elle leva les yeux vers les murs. Et la vit.

À sa droite.

La même lettre, marquant une des sorties.

« C'est par là, dit-elle. C'est la seule chose qui fasse sens. »

***

Bélancourt se tenait dans le noir, juste avant que le tunnel ne débouche sur une grande salle, celle où se trouvaient Simone et Cassiopée. Munies de leurs torches, elles examinaient les murs. Il écouta leur conversation et la déclaration de Simone sur la direction qu'elles devaient prendre. Si elles décidaient de rebrousser chemin, elles tomberaient sur lui. Il affirma sa prise sur la crosse de son arme tout en les regardant toutes les deux, sac au dos, disparaître dans un autre tunnel et, avec elles, la lueur de leurs torches. Jusqu'à présent, il n'avait pas utilisé la sienne. Il avait avancé à tâtons dans l'obscurité, se servant de leurs lumières comme repères, au loin. Maintenant, il se tenait dans le noir total. Pour atteindre l'endroit où elles étaient allées, il lui faudrait un éclairage.

Il prit donc son téléphone.

En alluma l'écran.

Puis il les suivit.

21

Simone sortit du tunnel, Cassiopée sur ses talons. Ce qu'elles virent alors les laissa pantoises. Elles étaient entrées dans une grande salle, dont les murs, chargés d'ans et d'humidité, s'élevaient à trente mètres. Le sentier, qui était en pente, les avait conduites plus profondément dans la terre à travers une arche de pierre naturelle jusqu'ici. De l'eau coulait dans cette salle, entrant d'un côté et sortant de l'autre, emprisonnée dans un canal dont le flux était lent, régulier et ne faisait aucun bruit. Sans torches, elles ne l'auraient jamais vu.

Il n'y avait pas d'autre sortie.

« Ça doit mener plus loin, dit Simone.

– N'oubliez pas que tout ça date d'il y a plus de huit cents ans, répondit Cassiopée. Ce que nous voyons aujourd'hui pourrait être totalement différent de ce que c'était alors. Il y a eu beaucoup de changements géologiques depuis. »

Au bord du petit canal, elle braqua sa torche sur l'eau, puis se pencha, y trempa un doigt et le porta à son nez. Aucune odeur. Sans doute propre, filtrée par le calcaire. Elle avait soif, mais l'eau en bouteille qu'elle avait dans son sac était tout de même plus sûre. Nul ne savait quelles bactéries oubliées depuis longtemps se cachaient ici.

Elle balaya les murs avec sa torche. D'autres peintures se révélèrent à elles. Un cheval, un bison, une chèvre sauvage, et les bois courbés et ramifiés d'un renne.

Puis elle le vit.

À part. Isolé. Beaucoup plus grand que les autres. Un bison, peint en rouge, dont les cornes, la colonne vertébrale et la queue étaient soulignées. D'autres lignes gravées faisaient ressortir certains détails. Tête basse, pattes en avant, dos arqué. Il semblait s'ébrouer de rage et de douleur, plein de vie.

« *Bèstia roja*, dit Cassiopée. Maintenant nous savons ce que ces mots signifiaient dans le manuscrit. La "bête rouge". C'est l'un des plus grands dessins que j'aie jamais vus. »

Sa torche révéla aussi que le ruisseau grossissait en direction de la peinture, formant une petite retenue d'eau qui brillait comme une feuille d'étain froissée.

Coïncidence ?

Ou bien était-ce déjà là huit cents ans auparavant ?

Elle vit une niche dans le mur de calcaire, à environ un mètre au-dessus de l'eau. Sur elle reposait un autre coffret religieux, semblable à celui qui était sorti de terre. Brillant.

En or.

***

Simone tomba à genoux et pria le Dieu du Bien, lui rendant grâce pour toute sa sagesse. Elle avait accompli ce qu'aucun autre *Perfecti* n'avait réussi. Elle avait trouvé La Vérité.

Car je le dis, de même qu'il est impossible que ce qui est passé ne soit pas dans le passé, il est impossible que ce qui est dans le futur ne soit pas dans le futur. Cela est plus particulièrement vrai en Dieu, qui, dès le début, a compris et connu ce qui allait arriver, de sorte que l'existence en tant que chose à venir était possible pour un événement avant qu'il ne se produise. Dieu lui-même est la cause première de l'univers, et surtout, s'il est vrai, comme l'affirment les adversaires de la vérité, que Dieu est tout-puissant, personne ne peut aller contre sa volonté.

Ces paroles sacrées se vérifiaient.

Autrefois, les Bons Chrétiens dominaient tout le sud de la France, gagnant les cœurs et les esprits du Languedoc. Il avait fallu une croisade génocidaire qui avait duré toute une génération pour les réduire au silence. Pendant des siècles, tout ce que les cathares avaient conservé de ce passé était le *Livre des deux principes*, dernière survivance de leur lutte contre la théologie orthodoxe. Composé de sept chapitres contenant environ trente-cinq mille mots, il avait été écrit au XIIIe siècle, mais confisqué par les papistes au XIVe jusqu'en 1939, date à laquelle il avait finalement été publié, après six cents ans de censure.

Était-il authentique ?

Avait-il été altéré ?

Personne ne le savait.

Mais ici, La Vérité attendait. Inaltérée. Inchangée. Exactement telle qu'elle avait été écrite. Alors que le monde cathare s'écroulait et qu'ils mouraient volontairement par milliers, La Vérité reposait ici même, au bout du Chemin de lumière.

Après sa prière, Simone se releva et décida d'y aller sans prendre le temps d'enlever ses bottes et chaussettes ni de retrousser son jean.

« Je vais l'examiner. »

Elle garda son sac à dos et entra dans l'eau. Sûrement très froide. Non. Glaciale. Heureusement, l'eau ne lui montait pas beaucoup plus haut que la cheville et ses bottes offraient une certaine isolation.

La retenue d'eau était une sorte de flaque géante, d'environ dix mètres de large jusqu'au mur où veillait le grand bison rouge. D'une main, elle tenait la torche dont le faisceau lui permettait de s'assurer que l'eau restait peu profonde.

Elle se fraya un chemin jusqu'à l'autre bord.

Dans la niche, sous le bison rouge, à peu près à hauteur de poitrine pour elle, se trouvait un autre coffret en or qui ressemblait à celui trouvé à Givors, sauf qu'il était un peu plus grand. Elle s'approcha et vit que le dessus était incrusté de pierres précieuses. Il y avait également des petites croix, des calices, des mitres et des sceptres, tous en or. Des cabochons de rubis et d'améthystes formaient une petite couronne au sommet.

« On a dû le voler, cria-t-elle. Ça m'a tout l'air d'être un coffret religieux catholique. À mon avis, ils savaient que ce n'était pas le meilleur endroit pour du bois ou des métaux de base. Ils ont donc utilisé le reliquaire d'une église, car l'or est inaltérable. Tout comme ils l'ont fait quand ils ont enterré votre manuscrit.

– Ouvrez-le », dit Cassiopée.

Elle accepta, même si l'archéologue en elle disait non. Mais ce n'était pas une mission scientifique. Loin de là. C'était une quête.

Simone laissa tomber son sac et posa sa torche dans la niche. Elle remarqua que les bords sous le couvercle étaient scellés avec ce qui semblait être de la cire. Elle prit son canif et en inséra la pointe tout autour, la cire s'effritant par morceaux. Puis elle saisit les deux petits côtés du couvercle avec la paume de ses mains et, le dégageant, le souleva et le posa sur le sol.

Elle reprit sa torche et, regardant à l'intérieur, vit une épaisse pile de feuilles de vélin non reliées. Elle les sortit délicatement et découvrit des lignes et des lignes d'écriture. Aucune enluminure. Pas de lettres fantaisistes ou de belles calligraphies. Juste une écriture ordinaire. Des pensées datant de plusieurs siècles.

La Vérité.

« Qu'est-ce que c'est ? » demanda Cassiopée.

Elle lut les premiers mots.

Puisque beaucoup de personnes n'arrivent pas à bien comprendre la vérité, pour les éclairer, pour stimuler ceux qui en ont une bonne compréhension, et aussi pour le bonheur que j'en tirerai sur le plan spirituel, je me suis fait un devoir d'expliquer notre vraie foi par le biais de preuves tirées des Saintes Écritures et avec des arguments d'une pertinence irréfutable, invoquant pour ce faire l'aide du Père, du Fils et de l'Esprit saint.

Un frisson la parcourut.

« Notre Bible », dit-elle.

***

Cassiopée l'entendit.

Notre Bible.

« Mais qui êtes-vous ? demanda-t-elle.

– Une *Perfecti.* J'incarne l'autorité des derniers cathares. Et ceci est notre plus grand trésor.

– C'est vous qui avez tenté de voler le livre, n'est-ce pas ?

– Tant de livres et d'articles parlent du trésor cathare en croyant qu'il s'agit d'or et de bijoux. Quelle erreur ! Ce n'était pas ça. Pas du tout – et elle agita sa trouvaille –, ce sont ces mots, notre trésor. »

Cassiopée remarqua que sa question avait été ignorée, mais qu'on y avait tout de même répondu.

« Pour les catholiques et les protestants, la plus ancienne bible au monde date du Xe siècle, dit Simone. Personne n'a la moindre idée de la véritable nature du message transmis par le texte original, écrit des siècles auparavant. Nous savons seulement ce qu'en ont dit ceux qui l'ont traduit et interprété. Sauf là. Là, nous avons les mots d'origine, préservés et gardés en lieu sûr pendant tout ce temps. Un véritable trésor, dans tous les sens du terme. »

Simone semblait envoûtée ; elle faisait de grands gestes, agitant les feuilles au rythme des inflexions de sa voix, tel un prédicateur en chaire.

« Nous devrions partir, dit Cassiopée, pensant qu'il serait plus sage de gérer la situation quand elles seraient de retour à l'air libre.

– Ah non, pas question », déclara une voix masculine.

Elle pivota sur elle-même.

Roland Bélancourt se tenait juste au-delà de l'entrée du tunnel, un pistolet à la main, pointé sur elle.

22

Cassiopée dirigea sa torche vers Bélancourt et lui vit un visage plein de détermination, crispé, des yeux aux pupilles sombres dardés sur elles, allant de l'une à l'autre comme des signaux d'alarme. Ce n'était plus le même homme. Avec ses cheveux ébouriffés, sa barbe naissante, il avait l'air de sortir du lit.

« Baissez-moi cette torche », ordonna-t-il en agitant son arme.

Elle lui obéit.

Simone se tenait toujours debout de l'autre côté de la retenue d'eau, les pages dans une main, sa propre torche dans l'autre.

Cassiopée aurait voulu lui demander comment il les avait trouvées, ce qu'il faisait là, et plus encore. Mais elle se décida pour une question qui semblait tout englober.

« Que vous a-t-elle donc fait ?

– Elle a tué notre enfant.

– Mais vous n'avez pas eu d'enfant ! »

Simone esquissa un mouvement. Bélancourt réagit aussitôt en tirant un coup de feu qui ricocha sur la pierre. La détonation qui résonna du fait de l'étroitesse de la salle lui heurta les tympans.

« Pas un geste », ordonna-t-il.

Simone se figea.

« Nous n'avions pas d'enfant, dit-il. Et elle a avorté à vingt semaines. »

Elle perçut l'ombre du chagrin sur son visage et commença à comprendre ce qui se passait ici.

C'était un choc de cultures et de religions.

« Et elle a décidé de faire ça toute seule, ajouta-t-il. Pour elle, mettre un enfant au monde aurait été cruel. Son fou de Dieu du Bien n'aurait jamais voulu ça. »

Sa colère enflait à chaque phrase.

« Elle m'avait promis qu'elle ne le ferait pas. Elle m'avait dit qu'elle voulait cet enfant. Elle m'a menti.

– C'était mon droit. Mon choix, cracha Simone. Pas le tien. Le mien, seulement le mien. »

Il tira un autre coup de feu dans sa direction, la balle allant encore se ficher dans la roche.

« Non. Ce n'était pas *ton* choix. C'était *notre* choix. Un choix que tu m'as dénié.

– Pourquoi ne pas en avoir eu un autre ? demanda Cassiopée à Bélancourt. Vous avez fait annuler le mariage. Remettez-vous en couple.

– Malheureusement, dit-il, d'une voix qui n'était plus qu'un murmure, après que nous nous sommes séparés, j'ai eu la varicelle. Un cas grave quand on l'a sur le tard. J'ai failli mourir. Mais surtout, ça m'a rendu stérile.

– Tu as été puni, enchaîna Simone. Pour le mal que tu m'as fait, avec cette grossesse. *Parce que j'ai appelé et que tu n'as pas répondu. J'ai parlé et tu n'as pas écouté, tu as fait le mal à mes yeux et tu as choisi les choses qui me déplaisaient.*

– Tais-toi ! cria-t-il. Je déteste tes Écritures. Je déteste ta religion. Je te déteste ! »

***

Simone se tenait debout, La Vérité dans sa main.

Cette présence lui donnait de la force.

Elle lut quelques-uns des mots sur la première page, dont l'écriture, en occitan, était déchiffrable. *De là vient le fondement de notre service à Dieu, afin que nous puissions accomplir Ses œuvres, ou plutôt, pour que Dieu puisse accomplir à travers nous ce qu'Il propose et ce qu'Il voudrait que l'on fasse.*

Un autre message ? Mais quel est Son dessein ?

***

Bélancourt n'avait pas relâché sa vigilance.

Simone était à vingt mètres de là, de l'autre côté de la retenue d'eau. Cassiopée était beaucoup plus proche, à quelques mètres sur sa gauche, en face de lui.

Aucune des deux femmes n'était armée.

Elles n'avaient que des torches

Il s'avança un peu plus dans la salle, la sensation de vide qu'il avait appris à apprivoiser était là, au creux de son estomac, qui le stimula.

« Ma chère ex-femme a décidé de devenir cathare, expliqua-t-il sur un ton méprisant. “La seule vraie religion”, comme elle disait. C'était son choix, je l'avais accepté. Je n'ai pas interféré, pensant que sa foi était sincère et que ça ne regardait qu'elle. Moi, bien sûr, je considérais tout ça comme une religion d'un autre âge. Morte. Dont les concepts appartenaient au passé. Mais j'avais tort.

– Oui, tu avais tort, intervint Simone. Nous sommes loin d'être morts. Il y a des croyants partout. Des hommes et des femmes qui veulent mener une bonne vie. Atteindre le bonheur éternel. Qui n'ont nul besoin de pape ou d'évêques. Je veille sur eux. »

Il regarda Cassiopée.

« Elle est leur *Perfecti.* Leur prêtre, si vous voulez. Leur préférée. Tout ça est arrivé après notre séparation. Elle est devenue fanatique.

– Vous l'avez surveillée ? » demanda Cassiopée.

Il hocha la tête.

« C'est étrange pour un homme qui déteste son ex-femme, dit-elle.

– Pas du tout. J'ai simplement attendu ce moment. C'est vrai, j'aurais pu la priver de tas de petites choses insignifiantes. Lui infliger des déceptions. » Il secoua la tête. « Mais la satisfaction n'aurait pas été totale. Je savais qu'elle recherchait La Vérité, la grande.

Je savais qu'un livre d'heures avec une rosace en couverture pourrait lui indiquer le chemin. Alors j'ai attendu ce moment ; je voulais la priver de ce qui est le plus important à ses yeux.

– Ça ne remplacera jamais cet enfant », dit Cassiopée.

***

Simone tremblait de rage.

« Tu n'as jamais rien compris, cria-t-elle. Tu pensais que mettre un enfant au monde était quelque chose de joyeux. Que du bonheur. Tu te trompais. Infliger une existence physique à un enfant est cruel. L'exposer au mal et à la tentation auxquels nous sommes réduits par Satan est cruel. La joie ne vient que lorsque nous quittons cet enfer qu'est notre monde. J'ai épargné cette souffrance à notre enfant. Il ou elle est maintenant avec le Dieu du Bien.

– Tu as aspiré notre fœtus hors de ta matrice, rétorqua-t-il. Il avait vingt semaines. C'était déjà une personne. Vivante. Tu as tué un être vivant ! En décidant qui vivrait et qui mourrait, tu t'es prise pour Dieu. Moi et cet enfant à naître avons été victime de ta bêtise. »

Sa voix se brisa, et ce fut comme s'ils revivaient l'émotion qui les avait tous deux étreints il y a des années, quand elle lui avait rapporté comment s'était terminée cette grossesse.

Il avait d'abord cru à une fausse couche.

Mais elle l'avait détrompé.

« J'aurai ces pages, dit-il. Ou, par Dieu, je… Je te tuerai. »

***

Cassiopée commençait à s'inquiéter.

La situation devenait incontrôlable. Il s'était passé beaucoup de choses entre ces deux-là, et ce qui aurait dû être une affaire privée à régler entre eux était devenu une guerre ; elle se retrouvait, littéralement, en plein milieu, un visage hostile de chaque côté, tous deux véhiculant une menace silencieuse.

L'un était armé.

L'autre pas.

Elle aurait dû apporter une arme, mais rien ne laissait présager qu'elle en aurait besoin. Et voyager en France avec une arme chargée était tout sauf légal. Non que les lois soient un problème pour elle. Elles ne l'étaient pas pour Bélancourt, en tout cas.

« Avez-vous vraiment besoin de cette arme ? lui demanda-t-elle, avec le plus grand calme. Nous ne sommes pas armées. Il n'y a pas de menace ici, sauf venant de vous.

– Le niveau de menace dépend de la coopération de Simone. »

C'était bien ce qu'elle craignait.

***

Simone regarda le sac à dos qu'elle avait posé par terre, à un mètre environ du bord de l'eau. Elle était venue préparée.

Son arme s'y trouvait.

Après leur discussion dans la cathédrale, elle savait que Roland ne reculerait devant rien. Il n'avait pas caché ses intentions, ce qui était précisément la raison pour laquelle elle avait pris le risque de le rencontrer dans l'église. Il lui avait paru important de savoir à quoi elle devrait s'attendre. Et la visite avait confirmé que son ex-mari était toujours sur le pied de guerre. Elle le connaissait depuis plus de vingt ans. Ce n'était pas en reculant qu'il était devenu milliardaire. Il savait comment obtenir ce qu'il voulait. Leur dernière rencontre, juste avant que l'annulation lui soit accordée, n'avait pas été amicale, loin de là. Les derniers mots qu'il avait prononcés à son intention étaient sans équivoque. « Un jour, d'une manière ou d'une autre, tu paieras pour ce que tu as fait. »

Mais ses mots sonnaient aussi creux à l'époque que maintenant.

Elle n'avait pas peur de mourir. Pas du tout. Elle avait peur d'échouer, en revanche, et il fallait absolument qu'elle sorte de cette salle souterraine et qu'elle ramène La Vérité à la lumière.

Allez avec Dieu, bien qu'Il ait parfaitement su et prévu de toute éternité quel serait le sort de tous Ses anges. Sa sagesse et Sa providence n'ont pas fait de Ses anges des démons. Ils sont devenus démons et choses du Mal par leur propre volonté, parce qu'ils n'ont pas voulu rester saints et humbles devant leur Seigneur. Ils se sont gonflés d'orgueil contre Lui.

C'était tellement vrai.

Elle savait ce qui lui restait à faire.

***

Bélancourt pointa son arme sur Simone.

« Approche, et apporte-moi ces pages. »

Son ex-femme refusa d'obéir.

Rien de nouveau.

Leur mariage s'était brisé à coups de paroles dures et cruelles. Vers la fin, ils ne partageaient guère plus qu'un espace, le plaisir qu'ils trouvaient dans la compagnie l'un de l'autre s'était estompé jusqu'à disparaître totalement. Il connaissait des femmes qui épuisaient leur mari, d'autres qui en faisaient des cocus – des idiots jaloux, méfiants, angoissés, dont le travail et la réputation en prenaient un coup. Simone était allée jusqu'aux extrêmes en tuant leur bébé.

L'issue des mariages bancals n'était pas toujours fatale, cela dit.

Mais là, il s'agissait de tout autre chose.

Il se sentait prisonnier d'une émotion qu'il ne maîtrisait pas, qui l'étouffait, lui envoyait comme des décharges électriques, le poussant à agir. Il dirigea son arme vers Cassiopée Vitt.

« Et si je la tuais en premier ? Qu'en dirais-tu, Simone ? Est-ce que ta précieuse Vérité t'autorise à laisser quelqu'un d'autre mourir pour tes croyances ?

Oh, mais j'oublie. En fait, oui, puisque tu as tué notre enfant ! Mais cette femme n'est pas un enfant. Ni une cathare.

– Tu irais jusqu'à la tuer ? demanda Simone.

– Sans hésitation. »

***

Cassiopée n'arrivait pas à savoir si Bélancourt bluffait. Malheureusement, exposée comme elle était, et désarmée, elle ne pouvait pas faire grand-chose. Pas la meilleure position qui soit. Alors…

Sois patiente.

C'est ce que Cotton aurait dit.

Attends le bon moment.

***

Simone se ressaisit.

Car celui qui sait parfaitement tout ce qui va arriver est impuissant, dans la mesure où, cohérent avec lui-même, il est totalement incapable de faire quoi que ce soit d'autre que ce qu'il sait lui-même de toute éternité qu'il va faire.

Elle était destinée à faire revivre ce qui avait été perdu. Sinon, pourquoi le Dieu du Bien l'aurait-il envoyée sur la voie qu'elle avait suivie ces dix dernières années ? Tout cela avait un sens, surtout maintenant, avec La Vérité entre ses mains. Deux obstacles se dressaient encore sur son chemin.

Il était temps de s'occuper du premier.

« Très bien, Roland. J'arrive. »
Elle se baissa pour prendre son sac.
« Laisse ça là, dit-il.
– C'est pour mettre ces pages à l'abri. Je ne voudrais pas qu'il leur arrive quelque chose. Tire, si tu n'es pas d'accord. »
Il hésita, puis dit :
« Bon. Mais lentement, alors. »
Elle ouvrit le rabat et glissa l'épaisse liasse à l'intérieur, en espérant ne pas abîmer les feuillets. Le vélin était résistant, mais pas indestructible. La liasse, plus haute que le sac, dépassait légèrement. Elle éteignit sa torche et la rangea. Puis elle souleva le sac à dos et le cala sur sa poitrine avec ses deux bras, sa main droite près de l'ouverture.
Elle sentit le poids de la défaite se poser sur ses épaules.
Mais elle s'en libéra.
Roland l'observait depuis l'ombre, visible dans le faisceau de la torche de Cassiopée Vitt. Simone avança d'un pas puis, glissant sa main dans le sac, y prit son arme et fit feu.

***

Cassiopée vit l'arme et entendit le coup de feu au même instant. Elle n'eut pas le temps de réagir, perçut le bruit de l'impact du projectile sur Bélancourt.
Il chancela.
Simone tira à nouveau.

Bélancourt s'écroula, lâchant son arme. Cassiopée réalisa que sa torche éclairait directement la cible et l'éteignit, plongeant la salle dans l'obscurité.

Un grand silence se fit

Simone ralluma sa torche.

« Où êtes-vous ? »

Cassiopée se mit à l'abri derrière un petit amas de rochers loin du bord de la retenue d'eau. Pas très haut, à vrai dire, si bien qu'elle dut s'allonger à plat sur le sol humide et se recroqueviller pour disparaître à la vue de Simone. Ce qu'il lui fallait, c'était l'arme de Bélancourt. Mais elle ne pouvait pas prendre le risque de s'exposer. Simone la repérerait rapidement avec sa torche. Et ce qui se produirait alors, personne ne pouvait le savoir. Mieux valait rester immobile et silencieuse.

Pas un bruit du côté de Bélancourt.

La situation était tendue, mais pas catastrophique. Cassiopée s'était déjà retrouvée dans des circonstances autrement plus délicates. Heureusement, une arme était à portée de sa main, mais il y avait un effort à faire pour s'en saisir.

Le faisceau de Simone fouillait les lieux comme une tête chercheuse.

« Il est mort, Simone ! » cria-t-elle.

La lumière arriva dans sa direction, s'immobilisa sur elle. Elle resta accroupie derrière les rochers. Pour l'atteindre, il aurait fallu que Simone s'avance dans l'eau, plus près.

« Il pointait une arme sur moi. Il a menacé de me tuer. Je me suis défendue, c'était parfaitement légitime.

– Oui, c'est vrai. Il n'a pas caché ses intentions.

– Mais je ne le déteste pas. C'est mal de haïr quelqu'un. C'est seulement qu'il n'avait pas la moindre idée de ce que je fais. Nous nous aimions autrefois. Nous étions heureux. C'était un bon mariage. Mais il n'a jamais pu comprendre la profondeur de mes convictions. »

Cassiopée décida de la pousser à continuer de parler.

« Étiez-vous cathare quand vous vous êtes mariés ?

– Non. C'est venu plus tard, lorsque j'ai obtenu mon doctorat et que j'ai approfondi mes connaissances sur les Bons. Leur message résonnait en moi. Je suis devenue une adepte. Finalement, j'ai reçu le *consolamentum* d'une femme plus âgée et je suis devenue *Perfecti.* Puis leur maître spirituel lorsqu'elle est morte. Je m'occupe des autres. Ils dépendent de moi. Je n'ai jamais eu l'intention de porter un enfant. J'ai pris des mesures pour ne pas tomber enceinte. Mais c'est tout de même arrivé. C'était l'œuvre de Satan. Un des aspects de son œuvre diabolique. Il fallait en finir. Alors j'y ai mis un terme.

– Et si nous sortions d'ici pour appeler la police ? Vous direz que c'était de la légitime défense. J'en témoignerai. Vous avez encore beaucoup de travail à faire, d'autant que, maintenant, vous détenez La Vérité. »

***

Simone se tenait au bord de l'eau et scrutait la salle obscure où Cassiopée s'était réfugiée. Juste de l'autre côté de la source, à dix mètres. Le papiste était mort. Bon débarras. Mais Cassiopée Vitt ? Était-ce une alliée ? Ou une ennemie ? Plutôt une alliée, semblait-il. Mais pouvait-elle prendre le risque de se tromper ?

Elle tenait sa torche dans une main, l'arme dans l'autre.

Le sac à dos était posé par terre, devant elle.

Certains mots de La Vérité lui revinrent en mémoire.

De là vient le fondement de notre service à Dieu, afin que nous puissions accomplir Ses œuvres, ou plutôt, pour que Dieu puisse accomplir à travers nous ce qu'Il propose et qu'Il voudrait que l'on fasse.

Son devoir à elle lui parut clair tout à coup.

« Très bien, partons, et allons à la police », dit Simone.

***

Cassiopée ne fut pas dupe.

Simone avait cédé un peu trop facilement, surtout pour quelqu'un qui venait de tuer un homme de sang-froid. Certes, Bélancourt avait une arme, mais elle était désormais persuadée qu'il ne s'en serait jamais servi, aussi menaçant qu'il ait pu être. C'était un milliardaire qui possédait une très grosse entreprise. Il n'allait pas réduire tout cela à néant pour tuer son ex-femme. Il était venu pour la priver du manuscrit, que ce soit en le prenant ou en le détruisant, peu lui importait. Il n'y aurait pas eu crime.

Seulement de la satisfaction.

Simone, en revanche, c'était une autre histoire. Elle était désaxée, et son consentement sonnait faux ; elle n'irait pas voir la police. Quelqu'un d'aussi méthodique qu'elle était certainement bien préparée. Et, en effet, elle était venue armée.

Le rayon de sa torche passant sur Cassiopée permit à celle-ci de repérer l'arme de Bélancourt qui n'était qu'à deux mètres, bien visible sur le sol. Elle se prépara, serrant sa torche dans la main gauche, le pouce sur l'interrupteur.

Tout devait aller très vite.

Elle alluma sa torche, la leva un peu au-dessus du rocher et la braqua sur Simone, lui envoyant son faisceau lumineux en plein visage. Profitant de cet instant de confusion, gardant la lampe braquée sur elle, elle plongea à droite, vers le pistolet.

***

Simone, partiellement aveuglée par la lumière, leva instinctivement la main tenant la torche pour se protéger les yeux, tout en ajustant la main tenant le pistolet.

Et tira.

Vers la source du problème.

***

Cassiopée se déplaça sur sa droite, gardant sa torche dirigée vers la retenue d'eau. Simone tira deux fois, mais là où Cassiopée se tenait auparavant, pas à l'endroit où elle se trouvait maintenant, à deux mètres de distance, l'arme de Bélancourt à la main cette fois. Apparemment remise de son aveuglement momentané, Simone balaya l'espace avec sa torche à la recherche de Cassiopée, puis la trouva.

Mais Cassiopée était prête.

Arme pointée.

Le doigt sur la détente.

Le premier tir toucha Simone en pleine poitrine.

Le second l'envoya au tapis.

L'autre torche tomba et roula sur le sol jusqu'à l'eau, où elle reposa, partiellement submergée.

Elle n'avait pas voulu ça, mais n'avait pas eu le choix.

Elle se releva, traversa la retenue d'eau. Simone était étendue là, ses yeux sans vie fixant le plafond.

Cassiopée secoua la tête.

« Ça n'en valait pas la peine, murmura-t-elle. Vraiment pas. »

Mais la raison avait joué un rôle mineur dans ce qui venait de se dérouler.

Il n'y avait eu qu'action et réaction.

Elle se baissa et ferma les yeux de Simone, espérant qu'elle avait trouvé le Dieu du Bien. Puis elle souleva le sac à dos contenant le manuscrit et retourna à l'endroit où Bélancourt gisait, mort. Assassiné. Elle eut pitié de lui. Simone l'avait privé de l'enfant qu'il désirait tant. Ce qui avait évidemment changé sa vie… et pas pour le mieux.

Ni lui ni Simone n'étaient prêts à faire la moindre concession.

Le silence qui régnait était empli de tristesse.

Était-il annonciateur de pardon ?

Probablement pas.

Tuer quelqu'un aurait fatalement des répercussions qui se feraient sentir dans les jours à venir, même si elle n'avait pas eu le choix. Elle ferait mieux d'utiliser le reste de ses capsules explosives pour les emprisonner tous les deux ici à jamais. Non, ce n'était pas une bonne idée. La disparition d'un homme comme Bélancourt n'allait pas passer inaperçue. On le chercherait, on poserait des questions. Il valait mieux faire face à ce qui s'était passé. Elle se demanda si Simone Forte allait manquer à quelqu'un. Aux croyants ? Et dans ce cas, qui se chargerait d'eux désormais ?

Difficile à dire.

Mais une partie d'elle-même espéra sincèrement que quelqu'un la regretterait.

Note des auteurs

Cette histoire se passe dans une région du monde (le Languedoc, dans le sud de la France) et à une époque fascinantes (le XIIIe siècle) qui ont été marquées par une religion non moins fascinante (le catharisme). Steve y a situé son roman *L'Héritage des Templiers* en 2006. M. J. a utilisé ce même lieu pour son roman le plus récent, *La Bibliothèque des ombres et des lumières* (2017). Steve a séjourné dans la région à plusieurs reprises ; M. J. y passe un mois chaque été.

Maintenant, il est temps de séparer la réalité de la fiction.

L'authentique reconstruction du château de Cassiopée (chapitre 1) repose sur un projet bien réel, situé près de Treigny, en France. Il s'agit du château de Guédelon, considéré comme un exercice d'archéologie expérimentale. N'y sont utilisés que les techniques de construction, les outils et les costumes d'époque. Tous les matériaux, y compris le bois et la pierre, sont du cru. Sa conception est conforme à un modèle architectural développé aux XIIe et XIIIe siècles par Philippe II de France. Le château de Guédelon, commencé en 1997, est toujours en cours de construction.

Les livres d'heures (chapitre 1) existent bel et bien, et étaient en effet l'équivalent médiéval des livres d'art que l'on pose sur les tables de salon d'aujourd'hui. Lumineux et pleins d'illustrations aux couleurs éclatantes, ils méritaient bien le titre de « manuscrits enluminés ». Leur histoire, les détails donnés ici, tout est véridique. À l'exception d'une seule chose : le nôtre est écrit en occitan, la langue du sud de la France de l'époque, et non en latin, comme c'était la coutume.

La croix occitane (chapitre 1) est aujourd'hui souvent appelée croix cathare – de même que les vignettes soulignant l'articulation du texte –, mais à tort. Les cathares rejetaient tout symbolisme religieux et n'auraient eu aucun besoin d'une croix. Aujourd'hui, elle est utilisée comme symbole de l'ancienne Occitanie, une aire culturelle qui comprenait le tiers sud de la France, une partie de l'Espagne, Monaco et certaines régions d'Italie. Environ seize millions de personnes y vivent, mais seule une infime partie d'entre elles maîtrise l'occitan. Dans cette histoire, toutes les références au livre d'heures et à La Vérité sont en occitan.

Les deux coffrets religieux en or (chapitres 1 et 21) sont inspirés d'objets réels qu'on pouvait trouver dans les églises catholiques. Compte tenu des hostilités de l'époque, les cathares auraient très bien pu s'en approprier deux.

Le lac de la connaissance de cette histoire appartient à la fiction. Mais un lac de la connaissance existe bel et bien dans le parc national de Killarney, en Irlande. Lough Leane, de l'irlandais *Loch Léin*, signifie « lac de la connaissance ». C'est le plus septentrional des trois lacs qui s'y trouvent, la plus grande étendue d'eau douce de la région. Ce lac est parsemé d'îles boisées, dont Innisfallen, où l'on peut admirer les vestiges d'une abbaye en ruine. Les moines qui y vivaient autrefois devaient s'y instruire et enseigner, d'où le nom du lac. Steve en a visité les ruines, lesquelles l'ont suffisamment inspiré pour que lui et M. J. créent les leurs en France.

L'histoire se situe dans des endroits bien réels en France, notamment la vallée de l'Aérospatiale, en périphérie de Toulouse (au chapitre 6), ainsi que Carcassonne (chapitres 14 et 15), classée au patrimoine mondial de l'Unesco. Tout ce qui a été mentionné dans l'histoire et qui est associé à cette ancienne cité – murs, magasins, château et hôtel – existe, y compris le musée de la Torture. Mirepoix (chapitre 12) est un autre joyau médiéval, dont il ne faut pas manquer la place principale. La cathédrale Saint-Étienne de Toulouse (au chapitre 16) est un curieux mélange d'architectures et de styles. Et puis il y a les Pyrénées elles-mêmes (chapitre 18), massives, mystérieuses, mythiques. Une chaîne de montagnes comme il n'en existe aucune autre au monde.

Montségur est un lieu très particulier (chapitre 9). C'est celui de la dernière grande résistance des cathares, laquelle s'est terminée par une reddition et un sacrifice. Tout ce qui se passe dans l'histoire à partir de là est fidèlement rapporté. La montée est difficile, ardue et non sans danger. La descente l'est encore plus (Steve l'a faite). Il y a en effet une falaise abrupte d'un côté, et une légende persistante veut qu'un ou plusieurs cathares se soient échappés par ce côté. Un monument érigé au pied du pog commémore les vies perdues le 16 mars 1244. Reste que l'histoire d'Arnaut est pure invention de notre part.

L'alphabet mentionné au chapitre 17 s'appelle l'énochien, une langue consignée dans les journaux intimes de l'Anglais John Dee à la fin du XIVe siècle. Dee affirmait que cette langue lui avait été révélée par des anges. Le terme « énochien » vient de ce que Dee était persuadé qu'Énoch, le patriarche de la Bible, avait été le dernier humain (avant lui) à connaître cette langue. Toujours est-il qu'elle fonctionnait bien ici comme code cathare.

Les peintures rupestres qui apparaissent dans les chapitres 20 et 21 existent dans certaines grottes du sud de la France. Ce sont des merveilles datant de dizaines de milliers d'années, les « livres » de cette époque, en quelque sorte, car ces peintures étaient le seul moyen dont disposaient leurs habitants pour mémoriser les pensées.

Cette nouvelle traite largement de la religion cathare. Steve et M. J. ont tous deux voulu l'utiliser dans une histoire. Elle a longtemps prospéré, atteignant son apogée au XIIIe siècle, où elle est devenue une menace directe pour Rome et l'Église catholique. La croisade des Albigeois vit pour la première fois des chrétiens tuer d'autres chrétiens ; des dizaines de milliers de personnes furent massacrées, la religion cathare anéantie. La promesse faite aux croisés de se faire pardonner tous leurs péchés (chapitre 3), y compris en tuant leurs frères chrétiens, est réelle. Le catharisme était supervisé par un groupe restreint de croyants qui se sont élevés au rang de Parfaits. Ils sont appelés « Parfaits » ou « *Perfecti* » selon les textes.

Les rituels du *melhoramentum* et du *consolamentum* décrits au chapitre 8 sont authentiques. Les prières et le déroulement de la cérémonie également.

La colombe (chapitre 14) est un symbole que les cathares auraient adopté, car elle représentait la liberté. On la retrouve sculptée dans tout le Languedoc. Toutes les prières en italique que la *Perfecti* (Simone Forte) prononce proviennent du document cathare connu sous le nom de *Livre des deux principes*, qui est l'enseignement cathare le plus important et le plus complet qui soit parvenu jusqu'à nous. Malheureusement, comme indiqué dans l'histoire, les cathares et leurs écrits ont été systématiquement détruits.

Notre document, La Vérité, *La Vertat*, est fictif. Mais, qui sait, quelque part en Occitanie, il y a peut-être un manuscrit caché qui a survécu à la purge. Un trésor de la pensée cathare originale, inaltéré, ayant échappé à toute interprétation ultérieure. Un manuscrit qui expliquerait les fondements de cette religion.

Et, qui sait, les paroles de Guilhem Bélibaste, le dernier *Perfecti* brûlé sur le bûcher en 1321, se réaliseront peut-être.

Al cap dels sèt cent ans, verdajara lo laurèl.

« Le laurier refleurira dans sept cents ans. »

MIXTE
Papier issu de
sources responsables
FSC® C003309

L'éditeur de cet ouvrage s'engage dans une démarche
de certification FSC® qui contribue à la préservation
des forêts pour les générations futures.

Pour en savoir plus :
www.editis.com/engagement-rse/

Cet ouvrage a été achevé d'imprimer en octobre 2021
dans les ateliers de Normandie Roto Impression s.a.s.
61250 Lonrai
N° d'impression : 2105765

Imprimé en France